CALENDAR GIRL

Mars

Audrey Carlan vit en Californie avec ses deux fils et l'amour de sa vie. Quand elle n'est pas en train d'écrire, elle fait du yoga, boit des verres avec ses amies de cœur ou est plongée dans un livre.

Paru au Livre de Poche :

CALENDAR GIRL

1. Janvier

2. Février

AUDREY CARLAN

Calendar Girl

Mars

ROMAN TRADUIT DE L'ANGLAIS (ÉTATS-UNIS)
PAR ROBYN STELLA BLIGH

HUGO ET COMPAGNIE

Titre original :

CALENDAR GIRL – MARCH

Ce livre est une fiction. Toute référence à des événements historiques, des personnages ou des lieux réels serait utilisée de façon fictive. Les autres noms, personnages, lieux et événements sont issus de l'imagination de l'auteur, et toute ressemblance avec des personnages vivants ou ayant existé serait totalement fortuite.

ISBN : 978-2-253-07032-0 – 1re publication LGF

Chapitre premier

J'ai à peine posé un pied sur le sol carrelé de l'aéroport de Las Vegas que je suis écrasée entre deux corps – l'un grand et mince, l'autre petit et robuste. Mes narines sont assaillies par des odeurs de chewing-gum à la menthe et de cerise. Les deux corps m'entraînent avec eux en sautillant, pleins d'énergie, et en criant pour exprimer leur joie. On dirait les hyènes qu'Alec et moi avons vues rire dans leur cage au zoo.

— Bon sang, ta tronche m'a tellement manqué ! s'exclame Gin avant de m'embrasser sur la bouche.

Tiens, voilà le chewing-gum à la menthe. Elle est vite poussée de côté par Maddy, ma petite sœur, qui me serre fort dans ses bras minces. Et voilà les cerises. Elle a toujours senti la cerise, depuis qu'elle est toute petite – je ne me suis jamais vraiment demandé pourquoi. Comme beaucoup de choses, j'ai toujours accepté que ce soit ainsi. J'ai beau être l'aînée, à côté d'elle, je me sens petite avec mon mètre soixante-douze, comparé à son mètre quatre-vingts. À dix-neuf ans, Maddy n'a pas encore toutes les courbes que j'avais à son âge, mais elle est superbe. Elle semble avoir un formidable métabolisme qui la maintient maigre comme un clou – petite veinarde.

Elle me regarde, les larmes aux yeux, et je prends son visage dans mes mains.

— Tu es la plus belle fille du monde, mais seulement quand tu souris.

— Tu dis toujours ça, répond-elle en souriant enfin.

À mes yeux, aucun sourire n'est aussi beau que le sien.

— Parce que c'est vrai. Tu l'es, n'est-ce pas qu'elle est la plus belle, Gin ?

Gin éclate une bulle de chewing-gum et me prend par le coude.

— Ouaip. Allez, on s'arrache !

J'éclate de rire et je me sens infiniment mieux, toute ma tension a disparu d'un coup. Bon sang, ça fait du bien de rentrer à la maison.

— Où est la voiture de papa, Mads ? je demande en fourrant mon sac dans le coffre de la voiture de Gin avant de m'installer sur le siège passager.

Maddy s'installe à l'arrière de la Hyundai de Ginelle et entortille une mèche de cheveux autour de son index.

— Hum…

Elle regarde par la vitre, je vois bien qu'elle prépare sa réponse.

— Qu'est-ce qui se passe avec la voiture de papa ?

— Rien de grave, soupire-t-elle.

Elle continue de jouer avec ses cheveux et s'étale sur la banquette arrière. À l'évidence, elle ne veut rien me dire.

— Dis-lui, Mads, gronde Ginelle.

Maddy rouspète et se redresse. Elle ferme les yeux, et lorsqu'elle les rouvre, je découvre un regard éclatant de détermination.

— Les mecs qui ont cassé la gueule à papa ont aussi abîmé sa voiture.

— Quoi ?! Pourquoi tu ne m'as rien dit ? je m'exclame, folle de rage.

— C'est juste que…

— Que quoi ? Comment tu fais pour aller à la fac ?

— En général, je prends le bus, quelquefois Ginelle m'emmène, dit-elle en regardant ma meilleure amie qui lui sourit. Et parfois Matt, le mec dont je te parlais, passe me prendre ou me ramène. Il dit qu'il est prêt à m'aider autant qu'il le peut.

— Tu m'étonnes – *petit con*. Mads, c'est dangereux. La maison est loin de la fac et tu es crevée après ta journée de cours. Comment tu fais quand tu restes tard à la bibliothèque ?

Je retiens mon souffle et me retourne sur mon siège, folle de rage que ma petite sœur doive prendre des risques parce que Blaine et ses molosses ont foutu en l'air la voiture de mon père. Quoi d'autre ? À quoi dois-je encore m'attendre ?

Maddy pose sa main sur mon épaule et la masse tendrement.

— Ça va, Mia. Je vais bien. On fait avec ce qu'on a, n'est-ce pas ?

— Absolument pas ! Demain, je vais t'acheter une voiture. Je n'arrive pas à croire que ça fait deux mois que tu n'en as pas. Et toi, je dis en enfonçant mon index dans le bras de Ginelle, tu aurais dû me dire ce qui se passait !

Je soupire et je repousse les mèches de cheveux qui me tombent sur le visage.

— Mia, tu n'as pas les moyens…

— Ne t'avise pas de me dire ce pour quoi j'ai les moyens ou pas. Ça fait quinze ans que je m'occupe de toi. Ce n'est pas parce que tu as dix-neuf ans que je vais arrêter de m'inquiéter pour toi du jour au lendemain. Bon sang, je suis folle de rage de t'imaginer marcher depuis l'arrêt du bus jusqu'à la maison, dans notre quartier ! Ne refais plus jamais ça, s'il te plaît. Je t'en supplie, promets-le-moi. Demain, je t'achète une voiture. Mes deux derniers clients m'ont donné un bonus.

— Tiens donc ! dit Ginelle en me regardant en coin. Et comment as-tu fait, ma chérie ? Ce ne serait pas en te mettant sur le dos, par hasard ? demande-t-elle en souriant.

Je lui frappe le bras sans ménager mes forces.

— Aïe ! Espèce de garce ! Qu'est-ce qui te prend ?

— Tu me traites de salope, ma salope ? Tu l'as bien mérité, je dis en la fusillant du regard.

Elle a beau garder les yeux sur la route, je suis sûre qu'elle sent mon regard assassin sur elle.

— D'accord, je l'ai mérité, mais si j'ai un bleu, tu n'as pas fini d'en entendre parler.

— Ok meuf. Tu pourras nous emmener chez un concessionnaire auto, demain ?

Elle hoche la tête.

— J'ai pris quelques jours de congé, puisque tu venais.

— Oh, tu es trop mignonne, dis donc !

— Je sais être mignonne, tu sais, dit-elle en fronçant les sourcils.

— Je n'ai jamais dit le contraire.

— Mais tu as insinué que c'était étonnant que je le sois. Sache que j'étais avec un mec, hier soir, qui n'a pas arrêté de dire à quel point mon vag…

Je plaque ma main sur sa bouche pour la faire taire.

— Tu penses que tu peux garder cette histoire pour plus tard, ma pupute ? je dis en regardant Maddy du coin de l'œil.

— Bon sang, râle ma petite sœur, comme si je ne savais pas de quoi vous parlez ! Tu crois toujours que je suis si innocente…

J'enlève ma main de la bouche de Gin et me retourne brusquement.

— Tu veux dire que tu n'es plus innocente ?

Maddy croise les bras et lève les yeux au ciel.

— Je suis toujours vierge, si c'est ta question. Tu sais bien que je te le dirais. Mais ça ne m'empêche pas de savoir ce qu'est un cunnilingus, je ne suis pas bête, tu sais.

— On t'en a déjà fait un ? je demande en retenant mon souffle, ne sachant pas si je veux vraiment connaître la réponse.

Elle secoue la tête, se mord la lèvre et regarde au loin par la vitre.

— Non, mais je n'aime pas que tu te comportes comme si j'étais une gamine. Je suis une adulte, sœurette. Il faut que tu l'acceptes. Si je veux laisser un mec lécher mon minou, je le ferai.

— Lécher ton minou ? répète Gin. Tu veux dire ta cha…

Je lui pince la cuisse avant qu'elle n'énerve davantage Maddy. Je grogne :

— Pas un mot !

Elle écarquille les yeux et frappe ma main pour que je la retire.

— Mads, tu sais que je suis là, hein ? Si tu veux parler de ce genre de choses, je dis en lui prenant la main. Même si je ne suis pas à Vegas. Tu peux toujours m'appeler – jour et nuit. D'accord ?

Elle se penche en avant et pose son front sur ma main.

— Tu m'as manqué, chuchote-t-elle.

— Et toi encore plus, je dis en serrant sa main.

Elle m'offre son plus beau sourire et je remercie le Ciel de m'avoir donné Maddy comme petite sœur. Je n'aurais pas pu en choisir de meilleure.

— On va à la maison de repos, alors ? demande Gin, ruinant notre moment d'intimité entre sœurs.

— Ouais, il faut que je voie papa.

*

La maison de repos est perchée en haut d'une colline qui domine le désert. C'est étrange, c'est un peu comme si elle avait été construite là pour que les malades et les convalescents ne gâchent pas la fête permanente qui se déroule à Vegas.

Nous parcourons les couloirs jaune pâle décorés de tableaux du désert et, sans le vouloir, je ralentis le pas. Maddy s'arrête bientôt devant une porte ouverte.

— Il est là. Tu veux entrer seule ?

— Ça ne te gêne pas ?

Elle me répond par un sourire plein de tendresse. Maddy a toujours su deviner les émotions des autres, contrairement à moi. Peut-être que si j'avais été davantage comme elle, je ne serais pas attirée par des hommes voués à me faire du mal. C'est sans doute pour cela qu'elle est encore vierge, d'ailleurs. Elle, au moins, voit arriver les connards de loin et elle les évite.

— Viens, Gin, allons à la cafétéria pour voir si madame Hathaway a refait ses délicieux cookies.

Le regard de Ginelle s'illumine, comme si elle partait à une distribution de diamants.

— On se tire, dit-elle en passant son bras dans celui de ma sœur.

Je respire lentement et serre les poings pour empêcher mes mains de trembler. *Tu peux le faire. C'est ton père – Papa.*

J'entre doucement dans la chambre, contournant le rideau fermé qui sépare son lit de la porte, et je retrouve enfin mon père. Il semble dormir, mais je sais que ce n'est pas le cas. J'ai les larmes aux yeux en approchant du lit et en m'asseyant sur la chaise. Ses bras sont tendus le long de son corps et je prends sa main dans les deux miennes avant de me pencher pour l'embrasser.

— Papa… je chuchote d'une voix à peine audible.

Je me racle la gorge et fais une nouvelle tentative.

— Papa, c'est moi, Mia, je suis là…

Je porte sa main à ma poitrine, m'approchant le plus près possible. Il a l'air mille fois mieux que la dernière fois que je l'ai vu, juste après que Blaine lui avait fait casser la gueule, il y a deux mois. Les bleus de son visage ont disparu, ne laissant derrière eux que de minuscules traits roses sur sa tempe et sur sa joue. Peut-être aura-t-il toujours ces cicatrices, peut-être pas. Le temps nous le dira.

Pour le reste, il a l'air d'aller bien. Il a perdu énormément de poids et il ne ressemble plus au gros nounours que j'adorais câliner quand j'étais petite. Finalement, c'est juste un mec sans vie, ce sont les restes de l'homme fort et fier qu'il était avant que maman ne parte. Je retiens mes sanglots, mais je ne peux empêcher mes larmes de couler.

— Pourquoi il a fallu que tu t'endettes autant auprès de Blaine ? Pourquoi ?

Je frotte mon menton sur sa main, puis je me laisse tomber sur sa poitrine et je lâche tout. Je libère ma haine contre ceux qui lui ont fait du mal, ma colère contre lui parce qu'il a trop emprunté, parce qu'il est accro aux jeux et qu'il est alcoolique, et parce que, encore une fois, c'est moi qui dois nettoyer après lui.

— Papa, tu as vraiment merdé, cette fois-ci. Tu ne peux même pas imaginer ce que je dois faire pour toi…

Je ne vais pas au bout de ma pensée, car je ne veux pas admettre que je suis une escort. Que je couche ou pas avec mes clients, ce n'est pas un métier vraiment respectable.

— Je fais tout ce que je peux, Papa. Je m'occupe de Maddy, je m'assure qu'elle continue la fac. Elle s'en sort super-bien, tu sais. Elle a même rencontré un garçon… il faudra peut-être que tu te réveilles pour lui botter le cul, je dis en étudiant son visage, espérant qu'il ouvre les yeux.

Rien.

Je prends un mouchoir de la boîte sur sa table de nuit et je me mouche rapidement.

— J'ai rencontré des gens super durant ces deux derniers mois. J'ai d'abord cru que travailler pour Tante Millie allait être un cauchemar, mais en fin de compte, c'est plutôt sympa.

Mon premier client était Weston Channing *troisième du nom*. Tu imagines ? Weston Channing trois. Je me moquais tout le temps de lui, je dis en riant en repensant à notre rencontre. (En fait, j'ai su dès que je l'ai vu gravir les marches de la plage que j'allais tomber sous son charme.) Wes m'a appris à surfer, et que tous les hommes ne sont pas créés égaux, je dis en riant.

Je recule dans ma chaise et pose mes pieds sur le bord de son lit, puis je parle à mon père de mes deux mecs préférés. Je lui explique que Wes fait des films et vient d'une vieille famille, et je lui promets que quand il se réveillera, je l'emmènerai voir un de ses films et que je lui achèterai du pop-corn.

— Et puis, il y a Alec. Il est français, Papa. Un véritable Français en chair et en os. Il m'appelait « *ma jolie*[1] ». Je dois admettre que ça va me manquer.

---

1. En français dans le texte. (NdT, ainsi que pour toutes les notes suivantes.)

J'enlève une mèche bouclée de mon visage et je penche la tête en arrière pour regarder le plafond. Sur les carreaux, au-dessus de son lit, sont peints des paysages de plage. Ça me plaît. Je me dis que quand il se réveillera, la première chose qu'il verra, c'est la plage, pas des carreaux blancs comme une feuille A4.

— Alec a fait des tableaux de moi, Papa. Je suppose qu'ils ne te plairont pas, parce que je ne suis pas habillée dessus, mais tu dois savoir qu'il n'a pas profité de moi. Pas vraiment. On s'est amusés et il m'a aimée. Toutefois, c'était un amour différent de ceux que j'ai connus et des sentiments intenses que j'ai encore pour Wes. Je suppose que mon amour pour Alec est un peu comme celui que j'ai pour Ginelle, en version masculine, le contact physique en plus.

Beaucoup plus. Je souris et je regarde papa, mais ses yeux sont toujours fermés.

— Alec m'a appris que j'avais le droit d'aimer d'autres gens en dehors de toi, Mads et Gin. Il m'a expliqué qu'on peut tenir à quelqu'un, et même l'aimer, tout en acceptant de ne pas être avec lui pour toujours. C'était mignon. Il m'a appris beaucoup de choses sur moi-même. Je suis triste de penser que je ne les reverrai sans doute plus jamais. Enfin, peut-être que je reverrai Wes, mais tu sais, je suis encore un peu paumée vis-à-vis de lui, Papa.

J'étudie son visage, si serein et paisible, et je réalise que je peux enfin admettre ce qui me taraude depuis un mois. Je regarde la porte et je ne vois personne.

— Tu sais Papa, je dis d'une voix tremblante, je pourrais vraiment tomber amoureuse de Wes. Et tu sais quoi ? Ça me fout la trouille. Tous les mecs que j'ai aimés jusqu'à présent étaient pitoyables. Mon cœur a envie de franchir le pas, mais mon cerveau me rappelle sans cesse tous les enfoirés que j'ai connus avant lui. De toute façon, j'ai encore dix mois avant de rembourser ta dette auprès de Blaine. Bien évidemment, Wes a proposé de la payer. Il m'a demandé de rester avec lui, à Malibu, mais je suis partie quand même.

En fermant les yeux, je m'appuie au dossier de ma chaise. Je pose ma main sur mon petit cœur qui souffre encore de ne pouvoir vivre cette histoire avec Wes alors que j'en meurs d'envie. Je ne suis pas le genre de fille qui rêve d'une vie faite de fric, de belles voitures et de jeunesse éternelle. Non, j'ai grandi en étant pauvre, j'ai travaillé dur, je me suis occupée de ma sœur et j'ai aidé mon père à survivre. La vie que mène Wes est radicalement opposée à la mienne et, bien sûr, c'est en partie ce qui m'attire chez lui. Cependant, ce n'est pas le bon moment, et c'est pour ça que je suis tombée dans les bras d'Alec aussi facilement. Tant que le timing n'est pas bon, il me reste encore plein de choses à vivre.

— Si seulement tu pouvais te réveiller, je dis en embrassant sa main. Papa, réveille-toi. On a besoin de toi. Maddy a besoin de toi. J'ai besoin de toi.

Ma sœur et Ginelle reviennent quelques minutes plus tard, et j'écoute Maddy raconter à papa ce qui se passe à la fac en évitant soigneusement de lui parler de son mec, sujet sur lequel j'ai la ferme intention de l'interroger plus tard. Ensuite, Ginelle nous raconte plusieurs blagues qu'elle a apprises durant la semaine. Pendant tout ce temps, nos yeux sont rivés sur lui, attendant, espérant voir le signe que papa est encore là, quelque part. Qu'il ne nous a pas vraiment laissées.

Avant de partir, le médecin me résume son état de santé, m'expliquant qu'il va bien d'un point de vue physique et que ses blessures seront bientôt guéries. Une kinésithérapeute vient le voir tous les jours pour détendre ses bras et ses jambes, et ils vont bientôt apprendre à Maddy les mouvements à faire pour qu'elle le stimule davantage. Je déteste qu'elle doive apprendre ça, ça me tue de ne pas être là pour aider ma famille à traverser cette épreuve.

Lorsque nous partons enfin, ma colère a refait surface et je meurs d'envie de me défouler sur quelqu'un. Il est grand temps de rentrer à la maison, j'ai besoin de manger un bon repas, de boire quelques bières avec ma meilleure amie et de dormir pour oublier ces deux derniers mois.

Demain, j'irai voir Blaine.

Chapitre 2

Ginelle et moi traversons le casino d'un pas déterminé. Notre mission est d'aller au bureau de Blaine, de lui donner le chèque de mon deuxième versement et de déguerpir. Demain, j'ai tous mes soins chez l'esthéticienne, et je prends l'avion tôt après-demain pour retrouver mon prochain client à Chicago.

— Tu sais pourquoi il a un bureau dans un hôtel ? demande Gin tandis que nous évitons les serveuses à moitié à poil.

Il n'est même pas dix heures du matin et l'alcool coule déjà à flots. Ce n'est pas pour rien qu'il n'y a pas de fenêtres dans les salles de jeu, et que l'alcool et les buffets sont à volonté pour les joueurs. C'est ce qui les transforme en zombies accros aux jeux et à l'alcool, désespérés de ne jamais gagner. Or, la première règle du jeu, c'est justement que la maison gagne toujours. Tout le monde le sait, mais ça n'empêche pas les gens de continuer à tenter leur chance en dilapidant toutes leurs économies, anéantissant les chances de leurs gamins d'aller à la fac. Dans le cas de gros parieurs comme mon père, ils empruntent l'argent. Beaucoup d'argent. Plus qu'ils ne peuvent rembourser au cours de leur vie. Tout ça pour gagner.

— Blaine m'a dit qu'il ne cherchait pas à cacher ce qu'il fait. Il se voit comme un « investisseur ». Pour lui, le fait d'avoir un bureau et des employés lui donne la légitimité d'un homme d'affaires plutôt que l'air d'un criminel.

— C'est pas bête, en fait, répond Gin en faisant éclater une bulle de chewing-gum.

— Ouais ben… j'ai jamais dit qu'il l'était. C'est juste un connard sans cœur.

Nous arrivons à l'ascenseur et montons à son étage. Les portes s'ouvrent et je m'arrête. Je me recoiffe et ajuste mon t-shirt pour m'assurer qu'il couvre bien mon ventre. J'ai opté pour mon blouson en cuir noir et mes cuissardes à talons. La cerise sur le gâteau, c'est mon rouge à lèvres rouge vif qui, si j'en crois la pub, devrait rester fixé sur ma bouche pendant vingt-quatre heures. Je me sens forte, féroce et prête à affronter un enfoiré avec une petite bite. Bon, en vérité, sa queue est tout à fait normale, mais ça me fait du bien de l'émasculer en pensée.

Je sors dans le couloir et me tourne vers Ginelle, tout en bloquant les portes de l'ascenseur.

— Bon, toi, tu ne vas pas plus loin.

Ma meilleure amie fronce les sourcils, son regard devient furieux.

— Si tu penses une seule seconde que…

Je plaque ma main sur sa bouche et m'approche tout près de son visage, si près que je sens son haleine à la menthe.

— Chérie, Blaine a déjà fait du mal à un membre de ma famille et il a menacé de s'attaquer à Maddy et moi. Je ne supporterais pas qu'il menace une autre des personnes à qui je tiens. J'ai besoin que tu partes et que tu m'attendes en bas, j'ajoute en fourrant un billet de vingt dollars dans sa main. S'il te plaît.

— Et s'il décide de s'en prendre à toi ? demande Gin, les larmes aux yeux.

— Ça ne sera pas le cas. J'ai trop de valeur à ses yeux. Crois-moi.

Et je plonge mon regard déterminé dans le sien.

Elle inspire profondément.

— Ok… Mais si tu n'es pas revenue dans une demi-heure, j'appelle les flics.

Je la pousse dans l'ascenseur.

— Ça me va. Maintenant va-t'en, avant que quelqu'un ne te voie.

— Je t'aime à la folie, dit-elle.

— Moi aussi. À tout de suite, ma salope.

Elle écarquille les yeux, mais elle n'a pas le temps de répondre car les portes se referment sur elle. Je ricane quelques secondes, puis je prends mon courage à deux mains. Il est temps d'affronter ce monstre.

*

Le bureau de Blaine est décoré en noir, rouge et blanc. Ça me fait penser aux drapeaux à carreaux qu'on voit dans les courses de voitures ou de motos. Ce n'est pas très original, mais je suppose que ça rappelle son désir de « gagner ».

Une blonde avec d'énormes faux seins, un petit cul, un QI encore plus petit et une taille d'anorexique m'accompagne à son bureau.

— Monsieur Pintero, Mia Saunders est arrivée, dit-elle en s'effaçant pour me laisser passer.

Blaine et son mètre quatre-vingt-treize se lèvent. Ses épaules sont larges et il semble avoir pris vingt kilos de muscles depuis la dernière fois que je l'ai vu.

— Mia. Ma belle, ma superbe Mia, dit-il en me tendant la main pour me tirer contre lui.

Je tends le bras pour le repousser, fermement ancrée dans mes bottes.

— Je suis là pour parler affaires, Blaine, pas par plaisir.

— On ne peut pas faire un peu des deux ? lance-t-il d'un ton suave.

Ses yeux vert et jaune, comme ceux d'un serpent, s'embrasent. Sa pupille est noire et envoûtante, comme s'il pouvait m'hypnotiser d'un simple regard. Je tourne la tête, m'assieds sur une chaise, puis je sors l'enveloppe de mon blouson et je la balance sur son bureau en verre.

— Tiens, voilà ce que tu veux.

— Comment pourrais-tu savoir ce que je veux, ma belle Mia ? Ça fait bien trop longtemps que nous ne nous sommes pas vus.

Suffisamment longtemps pour que des blessures guérissent, tu ne penses pas ?

Au lieu de s'asseoir en face de moi, il choisit la chaise à côté de la mienne.

— Très bien, qu'est-ce que tu veux, Blaine ?

— Du temps.

— Ok, je veux bien jouer à ton petit jeu. Du temps pour quoi ?

— Je crois savoir que tu n'as pas perdu le tien.

— Blaine, crache le morceau. Qu'est-ce que tu veux ?

— Je veux que tu dînes avec moi, ce soir.

Ce mec est vraiment barjot.

— Tu es devenu fou ?

— D'après mon médecin, non.

Soudain, j'étouffe dans cette pièce, malgré la vue superbe sur tout Vegas. J'ai l'impression que ma peau est en feu, couverte d'acide – peut-être est-ce la colère qui bout en moi, prête à jaillir.

— Tu as tabassé mon père à mort, Blaine. Il est encore dans le coma.

— Ça, c'est les affaires, tu le sais bien, Mia. Il ne m'a pas laissé le choix.

Il tend le bras pour prendre ma main, mais il m'a à peine touchée que je sursaute et la retire vite fait.

— Ne t'avise pas de me toucher, tu as perdu ce privilège il y a bien longtemps quand tu as décidé de me faire du mal. Et maintenant, tu as fait du mal à mon père. Tu sais qu'il n'est toujours pas sorti de son coma ? je hurle si fort que les gens du bureau d'à côté m'entendent sans doute. Ils ne savent même pas s'il pourra reparler ni remarcher !

Blaine plonge son regard de serpent dans le mien.

— Ça, c'est un dommage collatéral de sa punition. Je me suis occupé de l'homme qui lui a fait du mal. Il ne posera plus de problèmes, ne t'en fais pas.

— Que je ne m'en fasse pas ? Non, mais tu t'entends parler ? Tu parles de la vie d'un homme comme si on pouvait la donner et la reprendre sur un simple claquement de doigts !

— Nous ne sommes que de passage sur cette terre, Mia.

— Ouais, surtout quand tu t'en mêles ! Écoute, tu as ton fric, je dis en me levant et en désignant l'enveloppe. C'est le deuxième paiement. Tu auras le troisième dans un mois.

— Tu n'auras qu'à me l'apporter en personne, dit-il en grinçant des dents.

Il me prend pour un de ses larbins ?

— Ça ne fait pas partie du deal, ça.

— Les deals se renégocient.

— Pas celui-ci, certainement pas, je rétorque en me dirigeant vers la porte.

— Et si je réservais tes services pendant un mois ? menace-t-il.

Je me tourne brusquement et, en deux enjambées, je suis nez à nez avec lui. Je suis si près que mon souffle fait voler ses cheveux.

— Si j'étais toi, je ferais très attention en me laissant t'approcher quand tu es vulnérable.

— Ah, mais tu sais à quel point j'aime jouer, Mia, ricane-t-il.

— Eh bien, ne mise pas sur moi, mon pote, parce que ce sera le dernier pari de ta vie. Je ne serai pas tenue pour responsable de ce qui t'arrivera dans ton sommeil. J'entends déjà ma déclaration aux flics, je dis en me redressant et en faisant la moue. *C'était un accident, Monsieur l'Agent, je vous le jure. On faisait l'amour – il aimait que ce soit brutal. Je ne pensais pas qu'il étoufferait. Il était en train de jouir, et l'instant d'après… il était parti…*

Je reprends un air déterminé et le regarde de haut. Je le vois déglutir, mais en dehors de cela, il ne semble pas affecté par ma menace. Cependant, je le connais suffisamment pour savoir qu'il ne sait pas trop s'il doit me prendre au sérieux. Peu importe, le fait qu'il se pose la question est déjà une victoire pour moi.

— Je m'en vais, maintenant. Merci pour ce face-à-face. C'est toujours sympa de voir de vieux amis. Surtout quand ils n'ont pas bien vieilli. Tu devrais t'acheter une crème antirides, la chaleur du désert est catastrophique pour la peau, tu sais. Allez, ciao ciao !

Et je claque la porte derrière moi.

*

Lorsque j'arrive au bar, je retrouve Ginelle assise devant deux verres à shot pleins.

— Oh, Dieu merci, dit-elle en s'affaissant sur son tabouret de bar.

Je prends un des verres et j'avale la tequila cul sec, puis je prends le second et je l'enquille aussi.

— Eh ! On était censées fêter ça à deux ! s'exclame-t-elle.

— Deux de plus, je dis au barman.

Il hoche la tête, attrape la bouteille et nous sert deux autres shots.

Au bout du quatrième verre, j'arrête enfin de trembler.

— Est-ce que ça va ?

— Ouais, c'est juste… cet homme est le seul humain sur terre à m'énerver autant.

Elle boit une gorgée de son Coca et repose son verre.

— Il t'a menacée ?

— Ouais, il a menacé d'être mon prochain client, tu le crois, toi ?

Elle écarquille les yeux.

— Quoi ? C'est complètement dingue !

— Exactement, c'est ce que je lui ai répondu.

— Alors, comment tu t'en es tirée ? Tu ne vas pas vraiment le laisser faire ça, si ?

Elle gigote sur son siège, clairement mal à l'aise.

— Bien sûr que non ! En gros, je lui ai dit que s'il faisait ça, je le tuerais dans son sommeil.

Elle ouvre grand les yeux, puis elle penche la tête en arrière et éclate de rire.

— Il n'y a que toi pour… il n'y a que toi pour menacer de mort un assassin, Mia. Tu devrais surveiller tes arrières.

Je réfléchis un instant à ce qu'elle vient de dire. Blaine pourrait s'en prendre à moi, c'est vrai, mais tant que je lui dois de l'argent, j'ai plus de valeur vivante que morte. Ce raisonnement fonctionnera jusqu'à la fin de l'année, ce qui me laisse assez de temps pour rembourser la dette de mon père et décider de la suite.

— Alors, quels rendez-vous m'as-tu pris pour demain ? Mon contrat exige que je sois présentable à tout moment.

— Eh bien, avec le budget que tu m'as donné, Mads et moi t'accompagnons au spa. J'avais une réduction – trois pour le prix de deux. Au menu : soins du visage, épilation, manucure, pédicure. Ah, et tu vas te faire couper les pointes, aussi. J'ai dû payer ça en plus, mais tu m'as dit que tu en avais besoin, alors bon…

— Et tout ça, c'était dans mon budget ?

— Je connais des gens qui connaissent des gens qui me filent de grosses réductions. Donc ouais, c'était dans le budget.

Gin fouille dans son sac et en sort un paquet de chewing-gums. Elle l'ouvre, fourre une dragée dans sa bouche, la mâche deux ou trois fois et pousse un grognement. Je la dévisage en essayant de mettre le doigt sur ce qui a changé.

— C'est quoi, cette obsession pour le chewing-gum ?

Son regard s'illumine et elle sourit jusqu'aux oreilles.

— J'essaie d'arrêter.

— D'arrêter quoi ?

Son sourire disparaît et elle prend un air blasé.

— De fumer, dit-elle d'une voix lugubre.

Oh merde, je n'avais pas remarqué ! Les meilleures amies sont censées remarquer que leur amie ne respire plus un cancer en barre, non ?

— Merde, Gin, c'est génial ! Comment ça se passe ? Pourquoi tu ne me l'as pas dit ?

Elle soupire.

— Eh ben, j'allais te le dire, mais tu n'as pas arrêté de parler de Wes, d'Alec et de ton boulot, et tu ne m'as pas posé une seule question à propos de ma vie ici – à part ce qui concernait Maddy et ton père.

Je ferme les yeux avant de les plonger dans ceux de ma meilleure amie.

— Je suis désolée. Je n'ai pas été une très bonne amie, ces derniers temps, hein ?

— Non, répond-elle en secouant la tête, mais c'est normal, tu en as gros sur le cœur. Je comprends, t'en fais pas.

— Si, c'est grave. Toi aussi, tu comptes énormément pour moi, tu sais. J'ai envie de savoir ce qui se passe dans ta vie. Tu es ma meilleure amie et j'ai merdé. Ça ne se reproduira plus, promis.

Je le pense. J'ai été une mauvaise amie, alors que Gin n'a pas cessé de me soutenir et de m'aimer pendant toute cette affreuse période. Elle s'occupe de Maddy et elle va voir mon père, tout ça en gérant sa propre vie et ses propres ennuis.

— Si jamais tu recommençais, j'aurais quoi en échange ? demande-t-elle d'un ton léger.

Elle m'a déjà pardonné. Cela dit, c'est ainsi qu'on fonctionne. Nous ne sommes jamais restées énervées l'une contre l'autre plus d'un jour.

— Des photos d'un de mes clients ? je demande à mon amie quasi-nymphomane.

— Ça marche ! s'exclame-t-elle en me tendant la main.

Nous crochetons nos petits doigts, puis elle les embrasse. Je fais de même, et je constate qu'il n'y a aucune marque sur nos mains. C'est le meilleur rouge à lèvres au monde.

— Cela dit, tu n'as vraiment pas été sympa… commence-t-elle en me regardant avec les yeux du Chat potté, alors je pense qu'elle mérite un avant-goût.

Je me lèche les lèvres en la dévisageant, puis je souris et je sors mon téléphone de ma poche. J'ouvre ma galerie de photos et je les fais défiler jusqu'à trouver la bonne, que Ginelle regarde, bouche bée.

— Bon sang, tu es vraiment une garce, chuchote-t-elle, les yeux rivés sur l'écran.

Je reprends mon téléphone et je regarde à mon tour la photo. On y voit Alec, profondément endormi sur le ventre, à poil, révélant son dos musclé et ses fesses fermes. Ses longs cheveux ambrés sont étalés sur l'oreiller. Il était si beau, ce matin-là, que je n'ai pas pu résister à l'envie de le prendre en photo.

J'ai pris la photo suivante lorsque Wes et moi sommes allés surfer sans le prof. En un mois, je m'étais pas mal améliorée, et ce jour-là, j'étais déjà de retour sur la plage, regardant l'heure sur mon téléphone, lorsqu'il est sorti de l'eau à son tour. Il a commencé à enlever sa combinaison. Sur la photo, on voit son torse hâlé et musclé ainsi que sa taille fine et ferme et la délicieuse ligne de poils qui disparaît dans sa combinaison.

Je tourne mon téléphone et Ginelle écarquille les yeux. Elle prend son shot, le vide et le repose brusquement sur le bar.

— Je te déteste, dit-elle sans quitter mon portable des yeux.

— Ouais, moi aussi je me déteste.

Je me perds un instant en admirant Wes, l'homme qui m'a demandé de rester. L'impression que j'ai oublié quelque chose en Californie avec ce scénariste surfeur ne me quitte pas, mais je ne l'admettrai jamais.

Chapitre 3

Le valet m'ouvre la porte, puis il me guide à travers l'énorme penthouse situé au quarantième étage de l'immeuble. L'ascenseur a mis tant de temps à monter jusqu'en haut que je me suis crue sur une attraction de fête foraine. L'homme pose mon sac au pied d'un grand lit, puis il tourne les talons et disparaît, me laissant seule à écouter le bruit d'une douche couler.

Merde, merde, merde. Je n'ai pas vraiment envie de rencontrer mon client à poil. Je remonte l'anse de mon sac à main sur mon épaule, me préparant à déguerpir de là, lorsque la porte s'ouvre. Une silhouette imposante émerge d'un nuage de vapeur et de lumière, créant autour de lui une image surréelle qui aurait sa place sur grand écran.

Fascinée, je ne bouge plus.

Mon client entre dans la chambre, « vêtu » d'une minuscule serviette nouée autour de la taille, son corps musclé recouvert de minuscules gouttelettes qui ruissellent sur lui. Ma bouche est sèche, tout à coup, et mon cœur semble avoir cessé de battre, cependant ça ne m'inquiète pas, car c'est plutôt une belle mort, non ? J'ai vingt-quatre ans et j'ai enfin vu la perfection masculine.

— Doux Jésus, je murmure.

Je crois qu'un filet de bave coule sur mon menton. Wes et Alec sont tous les deux magnifiques. Or, la beauté d'Anthony Fasano est au-delà de tout entendement. Il est immense, une véritable armoire à glace. De ce que je vois sous sa serviette, ses cuisses font la taille de deux troncs d'arbre. Ses pecs sont carrés et ses abdos rectangulaires, fermement dessinés sur son torse. Quant à ses bras… j'en perds la tête, tant j'ai envie de les toucher, de les sentir autour de moi pour me faire oublier les deux derniers mois.

Ses cheveux ébène sont plaqués en arrière et l'eau goutte des mèches les plus longues, tombant sur les épaules les plus larges que j'aie vues de toute ma vie – et j'ai vu un bon nombre de mecs à poil. Ce type est sacrément en forme. Je sais qu'il fait de la boxe, Tante Millie m'avait communiqué une photo de lui en short, mais ce n'est rien comparé à la réalité.

Je me lèche les lèvres, les yeux rivés sur lui, et je laisse mon sac à main tomber à mes pieds. Quant au dieu qui se tient devant moi, il me regarde de la tête aux pieds. Il s'appuie contre le cadre de la porte et il passe la serviette qu'il avait dans la main autour de son cou avant de croiser les bras. Bon sang, les muscles de ses bras se gonflent davantage et mon souffle accélère tandis que mon sang s'embrase.

— *Papi*, Mia est là, dit-il.

Papi ?

Un autre homme émerge de la salle de bains et passe son bras autour de la taille du demi-dieu en souriant jusqu'aux oreilles. Cet homme-ci est plus petit, mais néanmoins musclé, sans le moindre gramme de graisse sur lui. Il me fait davantage penser à mon Frenchie. Cela dit, comparés au mur de muscles à côté de lui, peu d'hommes seraient à leur avantage.

Quoi qu'il en soit, le visage du second est aussi beau que celui du premier, magnifique, presque androgyne. Le genre qu'on veut prendre en photo et accrocher aux murs. Mon flair californien me dit qu'il est d'origine hispanique – ses cheveux bruns, ses yeux foncés, sa peau mate et ses traits pointus sont typiques.

Les deux hommes m'observent, côte à côte, détendus, quasi à poil, se tenant l'un l'autre… et je comprends enfin la situation. Je crois même que je reste bouche bée quelques secondes, les désignant tour à tour.

— Ah ! Waouh. Euh, ok. Alors… ok. Je comprends pourquoi vous avez besoin de moi, maintenant !

— Tiens, elle est intelligente en plus d'être belle, dit l'inconnu en me détaillant de la tête aux pieds. Il fallait que tu choisisses la plus jolie ? demande-t-il en fronçant les sourcils.

Il s'éloigne d'Anthony, croise les bras et soupire de manière théâtrale.

— Est-ce que je dois m'inquiéter ? demande-t-il en tapant du pied comme une nana cherchant à épingler son mec.

Le regard d'Anthony parcourt lentement toutes mes courbes, puis il sourit d'un air diabolique.

— Peut-être… dit-il lentement. Eh oui, il fallait que je prenne la plus jolie. Ma famille veut que je sois avec une femme parfaite, dit-il en regardant l'autre homme. Elle est plutôt parfaite, tu ne trouves pas ?

L'inconnu fronce une dernière fois les sourcils, puis son visage se détend.

— Si, tu es très belle, dit-il en s'adressant enfin à moi.

— Euh, merci, je crois. Alors… qui es-tu ?

— Je suis Hector Chavez. Le partenaire d'Anthony.

— Enfin, ce mois-ci, tu n'es pas censé l'être, non, ricane Anthony.

— Je ne trouve pas ça drôle, rétorque Hector d'un air triste. C'est une épreuve à passer, et moi je n'ai pas hâte d'y être, dit-il avant de tourner les talons et de disparaître par une autre porte.

Le dressing, peut-être ?

— Alors, vous êtes en couple ? je demande en désignant la porte par laquelle Hector est parti.

Anthony sourit et hoche la tête. Mon cœur bat de nouveau la chamade. Zut, je sais que ce n'est pas vrai, que tous les beaux gosses ne sont pas gays, mais est-ce qu'il fallait vraiment que le beau gosse des beaux gosses le soit ?

— Et si on s'habillait avant de parler de tout ça ?

— Ah oui, bien sûr, je dis en me tournant et en attrapant mon sac.

— Deuxième porte à gauche. Ce sera ta chambre pour le mois. Tu devrais y trouver ce dont tu auras besoin pour les prochains jours. Demain, Hector t'emmènera faire les magasins.

Je grimace et Anthony penche la tête sur le côté, rivant ses yeux d'un bleu glacial sur moi.

— Cette idée ne semble pas t'emballer. La plupart des filles seraient ravies de pouvoir dépenser d'immenses sommes d'argent pour des fringues de luxe.

— Eh bien, tu apprendras vite que je ne suis pas la plupart des filles. Sans parler du fait que je suis une femme, pas une fille, j'ajoute en lui lançant un clin d'œil et en baissant la tête. Tu devrais resserrer ta serviette, je vois ta bite.

Il ne bouge pas d'un iota, se contentant de se lécher les lèvres en m'étudiant avec un air curieux.

— Je sens qu'on va s'amuser, ce mois-ci.

Je tourne les talons et j'ouvre la porte.

— À quoi bon vivre si tout est prévisible ! je dis par-dessus mon épaule.

Il ricane et secoue la tête en refermant la porte.

*

Je suis assise au bar, occupée à dévorer un sandwich poulet-crudités, quand Hector et Anthony émergent de leur chambre, une demi-heure plus tard.

— C'est de loin le meilleur sandwich au poulet de toute ma vie, je dis à Renaldo en me tournant pour saluer mes deux nouveaux amis.

Pendant qu'il me faisait à manger, Renaldo m'a expliqué qu'il n'était pas seulement le valet mais aussi l'homme de ménage, le chef et l'assistant personnel d'Hector et Anthony. Il semble également avoir un goût prononcé pour les potins. Apparemment, mon statut d'employée me donne le droit d'être tenue au courant des dernières aventures de nos beaux patrons.

Renaldo pose deux assiettes de chaque côté de la mienne et continue de fredonner doucement. Je l'aime bien, ce mec. Je suis sûre qu'il est italien ou hispanique, lui aussi. Il mesure environ un mètre soixante-cinq, il est rondouillet, il doit avoir la cinquantaine et, après l'avoir entendu vanter la beauté de ses patrons, je peux dire avec certitude qu'il est gay lui aussi.

— Mia Saunders, dit Hector en venant vers moi, bras ouverts, pour me faire un câlin. Merci d'être venue.

— Inutile de me remercier, vous avez payé pour me faire venir, non ?

Il recule et dégage une mèche de cheveux de mon visage.

— Oui, mais tu aurais pu refuser. On est contents que tu sois là.

— Cool. Je suis ravie de vous rencontrer, je dis en tendant la main au géant. Anthony Fasano, mon nouveau fiancé, je présume ?

Anthony éclate de rire avant de serrer fermement ma main.

— Le seul et l'unique. Je suis ravi de rencontrer ma future épouse.

Hector tourne la tête si vite que je me demande s'il s'est froissé un muscle.

— Pardon, mais tu veux dire ta fausse future mariée, non ? Si quelqu'un doit te dire oui à l'autel, mon grand, c'est moi ! s'exclame-t-il en s'asseyant à côté de moi.

— Papi, ne sois pas comme ça. Tu sais très bien que je plaisante, arrête de tout prendre au pied de la lettre, répond Anthony en secouant la tête. Et tu peux m'appeler Tony, me dit-il. Si tu dois faire semblant d'être ma fiancée, autant régler ça tout de suite.

Il s'assied sur le tabouret – trop petit pour accueillir un corps comme le sien – et je regarde les pieds en me demandant dans combien de temps ils vont céder.

Hector me met un léger coup d'épaule et me sort de ma rêverie.

— Eh, garde tes yeux sur ton sandwich, ma belle. Toute cette splendeur masculine est à moi et à moi seul. Si tu piges ça, tout ira bien.

J'ouvre la bouche pour répondre, mais je me contente finalement de hocher la tête.

— Alors, quelle est ma première mission ? je demande en les regardant tour à tour tout en mordant dans mon sandwich.

En trois bouchées, Tony a avalé la moitié du sien. Il s'essuie la bouche avec une serviette avant de répondre.

— Ce soir, nous allons apprendre à nous connaître, et demain soir, tu rencontreras Mamma.

— Demain ? Après une seule soirée, tu t'attends à ce que je me comporte comme si j'étais amoureuse de toi devant ta mère ? La femme qui t'a donné la vie ?

Hector et Tony hochent la tête en même temps.

— Dans ta description, il était précisé que tu es actrice. On s'est dit que c'était un bonus.

Et puis, on dîne toujours avec Mamma et la famille le vendredi soir.

— La famille ?

Tony sourit avant de reprendre une bouchée digne d'un alligator. Renaldo pose un autre sandwich dans son assiette, accompagné d'un grand verre de lait dont Tony boit la moitié en une gorgée.

— Impressionnant, je remarque.

— Je sais, dit Hector en me remettant un petit coup d'épaule et en jouant des sourcils.

Je secoue la tête en m'efforçant de me concentrer sur ce dont nous parlions.

— Donc, tu me demandes de faire semblant d'être sa fiancée, je dis à Hector, et de convaincre sa mère et le reste de sa famille qu'il est l'amour de ma vie ? En une soirée ?

— *Si.* Je savais que tu étais maligne, dit-il d'un air enjoué.

— C'est impossible.

— Mais non, dit Tony en me frappant l'épaule comme si je faisais partie de sa bande de mecs. Tu vas gérer, je le sais. Tu es magnifique, tu as les pieds sur terre et tu es un peu rentre-dedans. Les Italiens aiment ça. Tu sais cuisiner ?

— Je me débrouille.

Tony se lèche les lèvres avant d'appuyer son avant-bras sur le bar, envahissant mon espace.

— Tu aimes la cuisine italienne ?

— Tu connais des gens qui n'aiment pas ?

Il regarde Hector du coin de l'œil avant de revenir à moi.

— Est-ce que tu te laisses facilement intimider…

Je m'avance vers lui et je le défie du regard.

— J'ai l'air du genre à me laisser intimider ?

— Je n'ai pas fini, dit Tony en approchant encore son visage du mien.

Je fais de mon mieux pour ne pas reculer, mais j'échoue et je finis par m'appuyer contre Hector qui me retient.

— Es-tu intimidée par les femmes fortes ?

— Écoute, je peux tenir tête à une bande d'Italiennes.

Tony et Hector sourient tous les deux jusqu'aux oreilles.

— Ok, dit Tony. Alors passons aux choses sérieuses.

— Ok, mais d'abord, il va nous falloir du vin, dit Hector en se levant et en sortant de la cuisine.

*

— Nooon, vous n'avez pas fait ça ! je m'écrie en éclaboussant du vin sur la table basse.

Hector, mort de rire, laisse tomber son visage sur mes cuisses tandis que Tony essuie la table avant de remplir de nouveau mon verre.

— Si, je te promets ! Nus comme des vers. On a traversé tout le terrain de football, vêtus d'un casque et rien d'autre. On avait chacun peint une lettre différente sur notre torse et après le dernier but, on a couru sur le terrain, on s'est plantés face aux gradins des visiteurs assez longtemps pour que tout le monde lise, puis on a couru aussi vite que possible vers la sortie. On avait écrit « L-E-S… L-O-S-E-R-S[1]… S-O-N-T… P-D ».

— Toi aussi ? je demande à Hector.

Il hoche la tête avant de se relever.

— Peu de temps après, Anthony et moi nous sommes mis en couple. En privé, en tout cas.

— Alors, qui sait que vous êtes ensemble ? je demande, posant enfin la question que je retiens depuis le début de la soirée.

— Pas grand monde, répond Hector d'un ton amer.

— Papi, ne commence pas.

Hector soupire et me tire contre lui. Nous reculons dans le canapé, épaule contre épaule, collés l'un à l'autre. Cette proximité platonique avec un homme est nouvelle pour moi – j'ai un peu l'impression d'avoir un frère, et ça me plaît.

— Tu comprends, mon Anthony n'a pas envie d'avoir à gérer la presse, sa famille et les

1. Perdants.

ragots dans le monde des affaires s'il décidait d'admettre son homosexualité.

— C'est débile, je dis sur un ton plus sec que je ne le voulais.

— À qui le dis-tu ! s'exclame Hector en trinquant avec moi.

Tony pose son verre sur la table basse.

— Il faut que tu comprennes que c'est déjà dur d'être un jeune boxeur qui est devenu homme d'affaires. Ajoute à ça le fait d'être gay et c'est un désastre assuré. Je ne pourrais plus jamais monter sur un ring.

— Ils n'ont pas le droit de t'en empêcher, si ? je m'écrie, indignée. C'est de la diffamation ou quelque chose comme ça, non ?

Mon cerveau, imbibé d'alcool, ne parvient pas tout à fait à expliquer pourquoi c'est horrible, mais dès que j'aurai récupéré ma capacité à réfléchir, je dégainerai une réponse parfaite.

— Non, mais ils trouveraient d'autres raisons, même si la véritable est que je suis gay. Ensuite, il y a l'entreprise. Je suis un homme italien à la tête d'une chaîne de restaurants familiaux. L'image de marque a toujours été mon père, ma mère, mes quatre sœurs et moi.

— Tu as quatre sœurs ? je m'exclame. Wouah. Elles ne vont jamais croire qu'on est en couple, je dis en secouant la tête alors qu'Hector hoche la sienne. Les femmes savent quand il se trame quelque chose. Tu es sûr qu'elles ne savent pas déjà que tu es gay ?

Tony se lève et se met à faire les cent pas.

— Bien sûr que non. Je ne leur ai jamais donné aucune raison de le penser. Ce que tu ne sais pas, Mia, et c'est d'ailleurs la raison principale pour laquelle tu es là, c'est le nom de notre famille.

— Fasano ! je m'écrie en me sentant comme ces gamins à l'école qui connaissaient toutes les réponses et qui les disaient sans y être invités.

— Oui, dit-il en s'asseyant sur l'accoudoir à côté de moi. Mes quatre sœurs ont bien sûr chacune leur rôle à jouer, mais je suis l'unique héritier de l'entreprise de mon père. Et c'est plus que ça. Tu vois, étant le seul mâle

Fasano… si je n'ai pas d'enfant, notre nom meurt avec moi. Et comme je suis gay…

Il ne finit pas sa phrase et regarde dans le vide, comme s'il portait le poids du monde entier sur ses épaules.

— Est-ce que tu veux des enfants ? je demande abruptement, comme toujours quand j'ai bu trop d'alcool.

Tony se passe la main dans les cheveux et regarde Hector.

— Eh bien, euh, on n'en a jamais vraiment parlé.

Hector se redresse, puis il se lève, marche jusqu'à Tony et prend son visage dans ses mains.

— Chéri, tu veux des enfants ?

Je devrais partir, filer sans qu'ils me voient. Cependant, ce n'est pas dans ma nature. Ma nature est plutôt de me faire toute petite et de me mêler de leurs affaires sans me faire remarquer.

— Oui, j'en ai toujours voulu, dit Tony en portant sur Hector un regard plein d'amour et de tristesse.

— Alors, on trouvera un moyen. On peut adopter ou trouver une mère porteuse.

Je souris jusqu'aux oreilles avant de finir mon verre de vin qui me réchauffe tout le corps. Je me lève et, sentant que mes jambes ne coopèrent pas tout à fait comme d'habitude, je tends le bras pour retrouver mon équilibre.

— Ok, mon travail ici est fait, je dis en faisant une révérence.

Cependant, les deux hommes m'ignorent parfaitement, perdus dans les yeux l'un de l'autre, face à face, front contre front, chuchotant des mots qu'eux seuls peuvent entendre. C'est magnifique, et je suis contente d'en avoir été témoin. Sans regarder en arrière, je file dans ma chambre où je me laisse tomber sur le lit, tout habillée, avant de sombrer dans un sommeil profond.

Chapitre 4

Tony nous tient ouverte la grande porte en bois du restaurant. Il est dix-huit heures vendredi soir, et *Chez Fasano's* est plein à craquer. Les serveurs courent partout, vêtus de leur chemise blanche, de leur pantalon noir et de leur cravate assortie, servant les tables dont se dégagent de divins parfums de cuisine italienne – j'en ai déjà l'eau à la bouche. Un des serveurs se retourne et je dois me retenir de rire en voyant de plus près sa cravate. Des pâtes, leurs cravates sont imprimées de plats de pâtes.

— J'ai raté une blague ? demande Hector alors que Tony nous mène vers le fond du restaurant.

— Tu as vu leurs cravates ?

— Oui, c'est mon idée, répond-il en souriant.

— Ah bon ?

Il hoche la tête en me faisant un clin d'œil. Tony m'entoure de son bras et pose sa main sur ma hanche.

— Bon, tout le monde est déjà arrivé, chuchote-t-il à mon oreille. Suis mes indications et ne sois pas surprise si je te touche… beaucoup.

Des frissons parcourent mon dos depuis ma nuque jusqu'au creux de mes reins, et je me réprimande intérieurement. Tony est incroyablement beau… et dans une relation sérieuse avec Hector. Que j'apprécie énormément. Je calme ma respiration tandis que nous arrivons devant un épais rideau rouge.

— Il n'y a que ma famille qui mange ici, c'est notre salle privée. Elle remplace la salle à manger de Mamma, parce qu'on est si nombreux maintenant qu'on doit faire nos dîners de famille ici. J'ai fait construire cette pièce exclusivement pour les Fasano.

— Waouh.

Il tire le rideau, révélant une immense pièce, pleine de gens qui rient aux éclats, boivent et mangent en criant les uns par-dessus les autres et en gesticulant de manière théâtrale. C'est le chaos. De la folie pure, je ne saurais le décrire autrement.

Lorsque nous entrons, une personne nous remarque, puis une autre, et ainsi de suite. Un silence de plomb s'abat bientôt sur la pièce tandis qu'une petite femme à la peau mate se lève. Ses cheveux sont gris et elle a les mêmes yeux bleus que mon prétendu fiancé. Elle se tient avec assurance, le dos droit, la poitrine en avant, le regard rivé sur moi.

Arrivée à nous, elle tend d'abord le bras vers son fils, qui l'embrasse sur la bouche. Ce n'est rien de plus qu'un baiser affectueux, mais c'est la première fois que je vois un homme embrasser sa mère sur la bouche. En tout cas, moi je n'embrasse pas mon père ainsi – d'ailleurs, je ne l'embrasse pas du tout –, c'est à peine si nous nous faisons un câlin.

— Mamma, dit Tony en se redressant et en me désignant, voici Mia, ma fiancée. Mia, voici ma mère, Mona Fasano.

— C'est un honneur de vous rencontrer, madame Fasano, je dis en souriant.

Ses lèvres tressaillent, mais elle ne me retourne pas mon sourire, préférant m'inspecter des pieds à la tête sans chercher à être discrète.

— Vous êtes très belle, dit-elle enfin.

— Merci, je réponds en dégainant un immense sourire tout en me rapprochant de son fils.

Cependant, elle ne s'arrête pas là.

— Et vous avez des formes. Les hommes de la famille aiment les formes, dit-elle en posant ses mains sur ses larges hanches.

Si elle avait été plus fine, j'aurais été vexée.

— J'aime bien manger, surtout la nourriture italienne, je mens.

Autant marquer quelques points d'entrée avec la belle-mère.

— Votre bassin est bien large – c'est bien pour les enfants, ça.

— Euh, oui…

Je ne m'y attendais pas, à ça.

— Mamma, dit Tony, essayant de l'arrêter.

Cependant, à l'évidence, lorsque cette femme a quelque chose à dire, elle ne s'en prive pas et elle a l'habitude qu'on l'écoute.

— Oui, vous me donnerez de très beaux garçons. Il ne faut pas que notre nom de famille s'éteigne, vous comprenez ? dit-elle en me transperçant du regard. Vous voulez des enfants, n'est-ce pas ?

— Mamma, ça suffit, je suis mort de faim et je veux présenter Mia au reste de la famille, dit Tony, venant à ma rescousse.

— D'accord, d'accord, concède-t-elle.

Elle frappe dans ses mains, puis elle empoigne mes bras et m'attire dans les siens, me serrant fort contre elle.

— J'ai prié nuit et jour pour que mon Anthony trouve son âme sœur. Je suis tellement contente que vous soyez là… chuchote-t-elle dans mon oreille.

Elle recule, prend mon visage dans ses mains et m'embrasse sur la bouche.

D'habitude, embrasser une fille ne me dérange pas. Parfois, Gin ou Maddy me font un smack. Cependant, je viens de rencontrer cette femme et je sais déjà que je vais lui briser le cœur dans un mois – ça ne me plaît pas du tout.

Hector nous contourne, salue plusieurs personnes en les prenant dans ses bras, puis il s'assied sur une des trois chaises vides au milieu de la pièce.

— Viens ma chérie, dit Tony.

Ma chérie. C'est comme ça que m'appelait Wes. Bon sang, il trouverait ce scénario hilarant. Peut-être qu'il pourrait s'en servir dans un de ses films, un jour, s'il décidait d'écrire une comédie romantique. Un homme d'affaires canon, boxeur, embauche une escort parce qu'il est gay et qu'il n'est pas prêt à l'avouer à sa famille.

Tony me propose la chaise à côté d'Hector – un choix stratégique, à mon avis – qui a l'air déçu que l'homme de sa vie ne s'asseye pas à ses côtés. Je trouve toute l'histoire parfaitement déprimante : deux hommes, clairement fous l'un de l'autre, ont l'impression d'être séparés parce que la société, leur famille et leur milieu professionnel n'approuveraient pas leur relation. Je prends la main d'Hector sous la table pour la serrer et je le vois sourire du coin de l'œil.

— Ne t'en fais pas, ma belle, j'y suis habitué, depuis le temps.

Durant l'heure qui suit, Tony me présente chacune de ses sœurs. Il y a Giavanna, la plus âgée, qui a trente-neuf ans. Elle doit avoir les gènes de sa mère, car elle est petite – environ un mètre cinquante-sept – avec des cheveux bruns et épais. Cependant, ses yeux sont marron comme des grains de café, si noirs qu'on ne voit presque pas sa pupille. Cependant, elle n'est pas moche pour autant, bien au contraire. Elle a quelques ridules au coin des yeux, mais elle est magnifique, comme toutes les femmes de la famille. Quant à ses enfants, je n'ai capté que des prénoms italiens dont je ne me souviendrai pas, et le fait qu'il y a deux filles et deux garçons.

Ensuite, il y a Isabella, qui est un peu plus grande que sa sœur. Elle a trente-sept ans, et elle a les mêmes cheveux bruns et les mêmes yeux noirs. Toutefois, elle a la bouche parfaite de Tony. Elle me présente ses deux fils, qui doivent avoir environ sept ans – même si je n'ai pas fréquenté suffisamment d'enfants pour en être sûre.

Sophia est la troisième. À trente-cinq ans, elle est encore un peu plus grande que la précédente. Apparemment, plus les enfants Fasano sont jeunes, plus ils sont grands – ce que je ne manque pas de faire remarquer à Hector plus tard. Celle-ci est super-classe. Elle est vêtue d'une jupe crayon noire, d'une chemise en soie blanche, et ses cheveux noirs sont relevés dans un chignon serré. Elle porte des lunettes à écailles de tortue et, si elle a les mêmes yeux que ses deux sœurs, sa peau est beaucoup plus pâle que le reste de la famille. Je me demande si monsieur Fasano senior était aussi pâle qu'elle.

— Tu sors tout juste du travail ? je demande.

— Oui, répond-elle en buvant une gorgée de vin. La journée a été longue. Je suis la DAF[1] de *Fasano's*.

— Ah, alors c'est toi qui gères l'argent ? je dis pendant que nous trinquons.

— C'est ça ! Il faut bien que quelqu'un surveille ce que font les autres. Sans moi et mon équipe, ils dépenseraient tout l'argent à droite et à gauche pour des tas de choses inutiles. Tony et moi nous assurons que la famille garde les pieds sur terre et qu'elle n'entache pas notre réputation. *Fasano's* est synonyme de bonne cuisine italienne authentique, à la portée de tous les budgets.

---

1. Directrice administrative et financière.

Je hoche la tête en balayant la pièce des yeux. Tout le monde semble heureux et souriant. Les membres de la famille ont l'air agréables et à l'aise les uns avec les autres. Je n'ai jamais connu ça chez moi puisque ma mère nous a abandonnés et que mon père n'a pas pu combler son absence.

— Alors, vous travaillez tous ensemble dans l'entreprise familiale ?

— Oui, mais à différents niveaux. Par exemple, les enfants s'occupent d'envoyer les bons et les cartes de vœux ou d'anniversaire à nos clients. Quant à mes sœurs, elles ont toutes un rôle. Giavanna gère la crèche et la garderie d'entreprise. Moi, je m'occupe des finances, Isabella est aux RH[1] et Angelina au marketing. Même Mamma a un bureau, bien qu'elle passe la plupart de son temps dans sa cuisine, à trouver de nouvelles recettes et à mettre sur pied le menu. Comme tu le sais, Tony est le directeur. Même Hector travaille avec nous, c'est notre

1. Ressources humaines.

avocat. On le connaît depuis si longtemps, il est un peu comme un frère pour nous.

— Je n'en doute pas. C'est un mec super.

Je suis sur le point de l'interroger discrètement sur les deux hommes en question lorsque je sens une main sur mon épaule. Je me retourne et je découvre la plus belle femme que j'aie vue de toute ma vie. Ses cheveux ébène tombent en boucles épaisses jusqu'à ses fesses. Ses yeux sont aussi bleus que ceux d'Anthony et sa bouche est d'un superbe rose délicat. Elle porte une longue robe fluide dans des tons orange, rouge et jaune.

— Je mourais d'envie de te rencontrer, Mia ! dit-elle en se baissant pour me prendre dans ses bras. Je suis Angelina, ou « Angie ». Le beau gosse derrière moi, c'est mon mari, Rocko.

S'il y a bien un homme typiquement italien sur cette planète, c'est Rocko. C'est le portrait craché de Sylvester Stallone, sans rire. Quant à son prénom, autant s'appeler Rocky, non ? C'est dingue ! Je ferme les yeux et les rouvre pour être sûre que je ne rêve pas, puis je secoue la tête en lui tendant la main.

— Tu es le portrait craché de…

— Sylvester Stallone ? dit-il en jouant des sourcils.

Il prend ma main, puis il m'attire dans ses bras et me serre si fort que j'en ai le souffle coupé. Heureusement, deux paires de mains empoignent mes épaules et me sauvent des bras de Rocko.

— Doucement avec ma femme, frérot, dit Tony d'un ton protecteur.

La tension émanant d'Hector, témoin de toute la scène, est palpable.

— Je n'en reviens pas, tu lui ressembles tellement ! je m'exclame.

Rocko éclate de rire en penchant la tête en arrière.

— On me le dit tout le temps. En plus, je fais de la boxe avec ton mec – c'est comme ça que j'ai rencontré Angie. C'est moi qui l'entraînais à l'époque. Maintenant, on passe plus de temps à entraîner la nouvelle génération qu'à boxer.

Enfin, c'est surtout moi qui entraîne les enfants, dit-il en frappant le bras de Tony, puisque celui-ci a une affaire à gérer. Mais je ne me plains pas, c'est lui qui s'assure qu'on ait de quoi manger.

— Ouais, ouais, si tu le dis, Rocky Balboa. Retourne t'asseoir, tu veux ? dit Tony avec un mélange d'accent italien et de Chicago, qui doit ressortir quand il plaisante.

— On devrait faire quelque chose ensemble cette semaine ! s'exclame Angie en prenant ma main. On pourrait faire du shopping demain, tu en penses quoi ? Il faut qu'on se trouve une robe pour la soirée de lancement des surgelés Fasano. On organise une grosse soirée avec tous les caïds de l'industrie. C'est notre plus grosse réussite ! s'écrie-t-elle.

— Tony va travailler, et j'avais prévu d'emmener Mia faire les boutiques. Tu n'as qu'à venir avec nous, il lui faut une nouvelle garde-robe pour son séjour ici. Ce serait super d'avoir un deuxième avis, propose Hector.

— J'adore faire les boutiques avec Hector ! me dit-elle d'une voix tout excitée.

Angie doit avoir à peine deux ans de plus que Tony, et c'est la plus grande des quatre sœurs. Nous faisons à peu près la même taille, et je n'ai pas remarqué d'autres enfants qui pourraient lui appartenir. Apparemment, le boxeur et le mannequin n'ont pas encore procréé. Bon sang, le jour où ils se lanceront, leurs enfants seront superbes.

Ce n'est qu'alors que je réalise ce dont ils parlent. De shopping. Beurk. Je grimace, rien qu'à l'idée d'avoir à racheter une garde-robe.

— Euh, ouais, ce serait cool, je suppose… Merci.

Angelina s'assied sur la chaise que Tony vient de libérer pour aller parler à un autre membre de la famille.

— Tu supposes ? Mia ma belle, tu ne comprends pas : Hector est gay. Il connaît les meilleures boutiques de la ville, et il saura immédiatement quelles fringues t'iront à merveille…

— C'est vrai, interrompt Hector. Écoute-la. C'est moi qui habille Angie depuis qu'elle a vingt ans.

— Et Hector a un goût incroyable en matière de mode, ajoute-t-elle. Tu n'as pas à t'inquiéter. Il saura quoi acheter. Et avec un corps comme le tien, tu seras magnifique, quoi qu'il arrive.

— Ha ! Tu parles, tu es la plus belle fille que j'aie jamais vue, à côté de toi, j'aurai l'air d'un sac, je dis avant de me réprimander intérieurement en m'obligeant à remettre mon filtre.

— Tu penses que je suis la plus belle fille que tu as rencontrée ? demande-t-elle en souriant jusqu'aux oreilles.

Je hausse les épaules tout en sirotant mon verre de vin.

— C'est adorable. On va devenir meilleures amies, tu vas voir, dit-elle en me prenant dans ses bras.

Bon sang, ces gens sont vraiment tactiles. Ils n'ont absolument aucune notion d'espace personnel. Je crois qu'il n'y en a pas un qui ne m'ait pas embrassée, touchée ou prise dans ses bras. À l'évidence, je vais devoir m'y faire.

Le repas – des plats délicieux servis dans de grands saladiers, comme à la maison – est tout simplement exquis. Le vin coule à flots et les membres de la famille Fasano parlent si fort que j'ai bientôt des bourdonnements dans les oreilles. Ça me rappelle les soirs où j'allais voir un concert de rock et que mes oreilles résonnaient encore quand j'étais au lit dans ma chambre. Ces gens aiment vraiment parler – tout le temps – à des décibels auxquels les humains normaux ne sont pas habitués.

Toutefois, je dois avouer que, de manière générale, la famille Fasano me plaît. Ils sont tous pleins d'entrain, amicaux, joviaux et beaux. J'ai l'impression d'être dans une pièce remplie d'acteurs italiens qui attendent pour auditionner pour un film. Quand j'étais à Los Angeles, mon agent m'envoyait souvent à des castings qui ciblaient les Italiens à cause de mes cheveux noirs et de mes courbes.

Le repas se termine avec d'immenses plats de tiramisu, faits maison par Mona, bien évidemment, et par des tasses du café le plus noir que j'aie goûté, les deux allant divinement bien ensemble.

Plus tard, Tony, Hector et moi sortons du restaurant lorsque, soudain, Tony regarde par-dessus son épaule en paniquant avant de plaquer ses lèvres sur les miennes. Elles sont douces, chaudes et humides. Il enfouit ses mains dans mes cheveux, penche ma tête en arrière et plonge sa langue dans ma bouche. Bon sang, je ne m'attendais pas à ce que Tony – un homme gay qui est en couple – m'embrasse comme ça. Cependant, je ne peux pas m'empêcher de répondre à son baiser irrésistible. Sa langue titille la mienne avant de la caresser lentement, et nous trouvons peu à peu notre rythme. Je lève les bras, je m'accroche à son cou et je plaque mon corps contre le sien. Puis il saisit mes hanches et me tire à lui – et c'est là que je le sens. Ou plutôt, que je ne le sens pas. Tony ne bande pas.

Je recule la tête et je plonge mon regard dans le sien – mais c'est derrière moi qu'il regarde. Je me tourne pour découvrir Mona, les mains jointes, souriant jusqu'aux oreilles, si heureuse qu'elle semble avoir rajeuni de dix ans. Je suis soudain accablée de culpabilité en voyant la joie et l'espoir de cette femme pour son fils. Son fils unique. Son fils unique homosexuel.

J'entends alors quelqu'un se racler la gorge et je regarde de l'autre côté, où se tient Hector, les traits tirés, pleins de tristesse, voire de colère. Mamma Mona tourne les talons et retourne dans le restaurant.

— Hector… je chuchote.

Il secoue la tête et ouvre la portière de la voiture.

— Monte, Mia. Il faut que je parle à Tony.

— Papi, tu sais que ce n'était que du faux… ça ne voulait rien dire, dit-il avant de pousser un juron et de serrer les poings.

Je ne devrais pas être vexée. Cependant, mes parties intimes n'ont pas été insensibles à ce baiser, contrairement à celles de Tony. Je pensais qu'un homme n'embrassait une femme ainsi que lorsqu'il cherchait à la séduire, or à l'évidence, Tony n'était pas excité. Il va falloir que je mette de côté tout sentiment de désir pendant un mois. Cet homme est peut-être le plus beau sur terre, mais c'est Hector qu'il veut séduire, et personne d'autre.

Je marche jusqu'à la voiture, et Hector ne me regarde même pas. Avant d'y monter, je pose ma main sur son épaule et le regarde dans les yeux.

— Ça ne voulait rien dire. Mona nous regardait. Il n'était même pas excité, Hector. Il n'y a que toi qui peux l'exciter. Crois-moi, je sais quand un homme me désire, et celui-là ne veut qu'une seule personne, toi.

C'est le mieux que je puisse faire.

Je m'assieds sur le siège passager et Hector penche la tête dans la voiture.

— Merci de me l'avoir dit.

— Y a pas de quoi. Et si vous rentriez en taxi ? Allez boire un verre pour discuter de votre plan d'attaque pour le mois à venir. Je ne sais pas comment vous envisagiez votre relation pendant mon séjour, mais à l'évidence, il vous faut un peu d'intimité.

Il hoche la tête et regarde ses pieds.

— J'ai ma clé. Je vous vois demain, ok ?

— Mia, merci, dit Tony en hélant un taxi qui s'arrête devant lui. Hector, viens avec moi, s'il te plaît, dit-il d'une voix aussi douce que ferme.

Je les regarde monter dans le taxi et disparaître dans le trafic. La limousine me ramène au penthouse et j'arrive tout juste dans ma chambre lorsque je reçois un message.

De : Wes Channing
À : Mia Saunders
Tu es libre pour parler ?

Chapitre 5

Je relis le message une bonne dizaine de fois, hésitant entre les deux possibilités qui s'offrent à moi. Je peux l'ignorer et attendre d'être moins fatiguée sur un plan émotionnel ou alors je peux l'appeler et laisser la voix de Wes ôter toute la culpabilité que je ressens après la scène entre Hector et Tony. J'espère sincèrement qu'ils vont réussir à régler leur problème. La dernière chose que je souhaite, c'est m'immiscer entre deux personnes qui s'aiment. C'est triste qu'ils ne puissent être ensemble, du moins aux yeux de Tony. Peut-être que je peux le convaincre que le seul moyen d'être heureux est de sortir du placard. À la longue, ce secret fera trop de mal à Hector et sans doute finira-t-il par partir. En tout cas, c'est ce que je ferais.

Ma décision est prise. Je tapote deux fois sur mon téléphone, et Wes décroche après la première sonnerie.

— Coucou ma chérie, ce n'est pas trop tard ? Enfin, là où tu es ? demande-t-il.

Sa voix rauque me rappelle toutes nos promesses chuchotées dans le noir, tous ses gémissements et ses murmures passionnés. Mon temps avec Alec était super, mais Wes avait déjà placé la barre trop haut. Le sexe avec lui était tout simplement fabuleux, et après la soirée que je viens de passer, je rêverais de m'oublier dans ses bras.

— Ce n'est pas trop tard, non. Je suis à Chicago.

— Ah, la ville des vents. Que fait le mec ?

Je ne suis pas certaine qu'à ce stade notre amitié soit assez forte pour supporter que nous parlions de nos autres conquêtes. Cependant, comme je n'ai pas l'intention de coucher avec Tony, je suppose qu'il ne compte pas.

— Il dirige une chaîne de restaurants.

— Ah, je sais combien tu aimes manger un bon plat fait maison.

Instantanément, je revois Wes préparer mon petit déjeuner, torse nu, si bronzé et musclé, si délicieux que je préférais le manger lui plutôt que ses pancakes.

Je réalise soudain que ça fait un moment que je n'ai rien dit.

— Euh, ouais, tu me connais.

— Oui, je sais. Il te cuisine de bons plats ?

— Non, pas encore. J'espère qu'il s'y mettra bientôt.

J'entends un long soupir à l'autre bout du fil, et un silence s'installe entre nous.

— Est-ce que tu es avec lui… comme tu étais avec moi ? demande Wes.

J'ai beau être vexée qu'il me pose la question, je ne lui dois pas d'explication. Nous ne sommes pas en couple.

— C'est important ? je chuchote en m'allongeant sur le lit.

— Pour moi, oui.

— Alors non, et je ne le serai jamais.

— Pourquoi ? Je crois savoir que tu as une libido très saine, dit-il d'une voix amusée.

Wes a eu un mois pour apprendre à me connaître, et sans doute en a-t-il trop appris. Il s'est frayé un passage derrière les barrières que j'avais érigées autour de mon cœur et il s'y est creusé une jolie niche douillette. C'est un morceau de moi qu'il possédera à jamais, même si je ne vais pas le lui dire.

— Parce que je ne pense pas que son partenaire, Hector, serait ravi que je séduise son mec.

Un rire tonitruant remplit mon oreille. Bon sang, qu'est-ce que son rire me manque ! C'est le genre de rire qui pourrait mettre fin à des guerres décennales.

— Alors, pourquoi un mec gay a-t-il embauché la plus belle escort de la planète ?

— Espèce de lèche-cul, je rétorque.

Il rit de nouveau, et l'écho résonne jusque dans mon cœur, atténuant la culpabilité causée par les événements de la soirée.

— C'est un peu tordu. Il est en couple avec ce mec, qui est génial, depuis super-longtemps, mais il se sent obligé, vis-à-vis de sa famille et de son entreprise, de jouer le rôle du macho italien chef d'entreprise et champion de boxe.

— Merde. Ça ne doit pas être facile. D'un point de vue professionnel, je comprends qu'il veuille que sa vie sentimentale reste privée. S'il peut se permettre de t'embaucher pendant un mois, c'est qu'il est plein aux as et que la presse lui colle aux fesses. Sans rire, Mia, l'argent c'est cool, mais aucune somme ne remplace une vie paisible et privée une fois que celle-ci est étalée sur la place publique.

Je repense au quartier où habite Wes, avec ses hautes haies, ses énormes portails et les agents de sécurité qui se relaient nuit et jour, puis je pense aux tapis rouges sur lesquels il déteste aller et au fait qu'il a dû embaucher une escort juste pour pouvoir travailler en paix, le temps d'un cocktail dînatoire. Je suppose que Wes comprend ce que traverse Tony, en effet.

— Il y a aussi des histoires de famille. C'est le seul héritier masculin de la fortune familiale, et s'il n'a pas un fils, le nom de la famille mourra avec lui.

— Bon sang, tu parles d'une pression.

— Ouais. Bref, assez parlé de mon client. Et toi ? Comment avance ton film ?

— Très bien. Gina est l'actrice idéale pour le rôle, dit-il d'une voix pensive qui ravive ma jalousie. Elle comprend parfaitement ce que j'attends d'elle, poursuit-il. Je suis content d'avoir modifié le personnage, finalement.

Je me mords la lèvre pour me retenir de lui faire remarquer que c'est moi qu'il a remplacée par elle, car je sais que ce serait injuste. Le fait qu'il donne mon nom à un personnage est un véritable honneur. C'est mignon, même. C'est un cadeau qu'il me fait, et je ne dois pas l'oublier – et surtout je ne dois pas le gâcher avec ma jalousie. De toute façon, je n'ai aucun droit sur lui, en dehors du fait que nous sommes amis… qui se veulent du bien.

— Alors, toi et Gina vous entendez bien, hein ? je dis en levant les yeux au ciel et en essayant de garder un ton plaisant.

— Ouais, elle est cool. Mais elle n'est pas aussi belle que celle qu'elle est censée incarner, dit-il d'un ton lourd de sous-entendus.

— Ah ouais ?

— Ouais.

— Mais tu aimes jouer avec elle et… enfin, la diriger.

— Pas autant que j'aimerais te diriger.

— Ah oui ? Qu'est-ce que tu me demanderais de faire ?

Soudain, la conversation vire dans une direction totalement différente et inattendue.

Je l'entends inspirer par le nez et lorsqu'il parle de nouveau, c'est d'une voix rauque et pleine de désir.

— Eh bien, d'abord, je mettrais mes mains sur tes genoux et je te dirais de les écarter. Tu te souviens d'avoir fait ça, Mia ? Je sens encore combien tu étais mouillée sous mes doigts.

De ma main libre, je dessine des cercles autour de mon genou, du bout du doigt.

— Je me souviens, oui. Et ensuite ?

Il grogne dans le téléphone et je pose le mien une seconde, attrapant le bas de ma robe pour l'enlever et la jeter de l'autre côté de la pièce.

— Mes mains glisseraient jusqu'à tes pieds, gardant tes jambes ouvertes, juste pour pouvoir te regarder mouiller davantage. Ensuite, du bout du doigt, je toucherais ton clitoris. Ça te plairait, ma chérie ?

Je me mords la lèvre en gémissant doucement.

— Bon sang, oui.

— Tu es habillée comment, là ? demande Wes.

— J'ai enlevé ma robe quand tu as commencé à me dire… euh… des cochonneries. Maintenant, je suis allongée sur le lit, seule dans la maison, en sous-vêtements. Et toi, tu es habillé comment ?

Je ferme les yeux, me sentant toute légère et étourdie. Je n'arrive pas à croire que je suis en train de faire ça… mais c'est super-excitant.

— J'ai juste un pantalon de pyjama, le rouge, celui que tu aimes bien.

Oh que oui. Ses pantalons de pyjama sont tissés dans le coton le plus doux au monde. J'adorais les mettre le matin, après qu'on avait couché ensemble. Je lui en ai même volé un, mais je ne le lui dirai pas.

— Est-ce que tu es dur, Bébé ?

C'est la première fois que je l'appelle comme ça, et ça me plaît.

— Putain, tu n'as pas idée, Mia. Je mouille, même.

— Utilise ton pouce, frotte-le sur ton gland. Tu te souviens de la sensation de ma main sur ta queue ?

— Putain, oui.

— Fais-le. Ferme les yeux et branle-toi, lentement, au début. Imagine que c'est ma main. Utilise ton pouce pour étaler ton liquide, partout où je promènerais ma langue. Si j'étais là, je mouillerais toute ta queue puis je la lécherais sur toute sa longueur, et je titillerais surtout le dessous de ton gland.

Wes gémit et j'entends son souffle accélérer.

— Et moi, qu'est-ce que tu me dirais de faire ?

— Enlève ta culotte, ordonne-t-il.

Je lui obéis et la jette au pied du lit.

— Tu es nue, maintenant, ma chérie ?

— Oui.

Je soulève mon bassin, comme si Wes était sur moi et que j'essayais de coller mon corps au sien.

— Pose ta main sur ta chatte comme je le ferais si j'étais là. Prends-la bien, tu sais comment j'aimais faire.

— Comme si elle t'appartenait, je rétorque en faisant comme il me dit.

Le plaisir est déjà intense, il parcourt mon corps en l'électrifiant.

— C'est ça. Ta chatte serait mienne. Et dès que tu commencerais à dessiner des cercles avec ton bassin, pour te soulager, j'enfoncerais deux doigts dans ton sexe. Écoute-moi, Mia.

Je lui obéis, plongeant deux doigts entre mes lèvres. Des vagues de plaisir éclatent dans mon bas-ventre et remontent dans mes seins tendus. Mes tétons pointent et luttent contre la barrière de dentelle qui les enferme. C'est tellement bon.

— Maintenant, tu te souviens comment j'ai pris le contrôle de ta chatte quand on était sur ta moto ?

Je réponds par un grognement en me rappelant comment ses doigts me fouillaient et s'accrochaient à moi.

— Fais des crochets avec tes doigts, ma chérie, comme je l'aurais fait.

J'essaie, mais je n'y arrive pas.

— Je ne peux pas, j'ai besoin de toi, je dis d'une voix pleine de frustration tout en continuant de me doigter.

Je me revois sur ma moto, dans le garage de Wes, sa main dans mon pantalon, me baisant avec sa passion habituelle.

— Tu approches de l'orgasme, ma chérie ?

— Oh, oui… Je te veux… en moi, Wes…

Une série de jurons parvient dans mon oreille et son souffle accélère encore. Le mien l'imite bientôt et nous continuons de nous masturber ensemble, perdus dans la passion et dans nos souvenirs.

— Si j'étais là, mes doigts appuieraient sur ce point au fond de ta chatte et je le chatouillerais. Je rajouterais ma langue, aussi, pour titiller ton clito. Il serait enflé et dur et je le sucerais jusqu'à ce que ton sexe se contracte sur mes doigts.

— Oui, Wes, je vais jouir, Bébé. Je vais jouir tellement fort. Je te veux avec moi… je gémis en penchant la tête en arrière.

— Je suis là, ma chérie. Ce sont mes doigts qui sont en toi. Maintenant, frotte ton clito avec ton pouce. Putain, Mia, je vais jouir aussi, là, avec toi. C'est tellement bon avec toi, Mia. Je n'ai jamais connu mieux. Putain ! hurle-t-il dans le téléphone.

Je fais ce qu'il me dit, étalant ma mouille sur mon clitoris.

C'est ce qui me manquait car, soudain, une vague d'énergie et de lumière déferle dans mes veines et je jouis. Tout mon corps se contracte et un cri m'échappe tandis qu'à l'autre bout du fil, j'entends Wes grogner de plaisir aussi.

Nous revenons sur terre lentement. Seuls nos souffles saccadés rompent le silence.

— Mia, murmure Wes sur un ton plein d'admiration.

Dans sa bouche, mon prénom est comme une bénédiction. Si seulement je pouvais l'entendre tous les jours.

— Bon sang, Wes, on vient de baiser au téléphone, je dis en riant. Tu sais, je n'avais jamais fait ça, avant.

— Ah bon ? s'exclame-t-il, surpris.

Je soupire et repousse la couette pour me glisser sous les draps. La journée a été longue, et après un orgasme comme ça, je ne rêve que d'une chose : me blottir contre l'homme qui m'a fait jouir et m'endormir en entendant battre son cœur.

— Oui, vraiment, je dis avant de bâiller et de fermer les yeux.

— J'ai hâte qu'on remette ça, dit-il.

— Moi aussi, je réponds en bâillant de nouveau.

— Tu me manques, Mia.

Je souris et je colle le téléphone à mon oreille pour entendre toutes les nuances de sa respiration. Je me sens en sécurité en l'entendant, comme s'il était là avec moi.

— Tu me manques tout le temps, Wes, je dis d'une voix endormie, imaginant déjà nos retrouvailles.

— Fais de beaux rêves…

C'est la dernière chose que j'entends avant de sombrer dans un profond sommeil.

*

Lorsque je me réveille le lendemain matin, je tiens encore dans ma main mon téléphone, qui n'a plus de batterie. Je roule sur le dos et fixe le plafond en repensant à hier – à la soirée mais aussi à toute la journée, sans oublier le repas et le coup de fil inattendu de Wes. Au moins, la fin de journée aura été satisfaisante. Je me demande ce que Tony et Hector ont fait et s'ils ont réussi à régler leur problème. Ces deux-là sont faits pour être ensemble, et pour toujours. Pas comme moi et l'artiste français que je me suis tapé pendant un mois et que je ne reverrai sans doute jamais. Cela dit, il me manque, mon Frenchie. Je lui suis éternellement reconnaissante pour ce qu'il m'a appris durant le temps que nous avons passé ensemble. Non seulement nous avons créé des œuvres d'art magnifiques mais il m'a appris un tas de choses sur moi-même, sur l'amour, sur la vie. Peut-être que je peux utiliser ses enseignements pour aider Tony et Hector – en fin de compte, l'amour c'est l'amour, et on ne choisit pas de qui on tombe amoureux et combien de temps l'amour durera. Je suis persuadée que le leur est fait pour durer toujours, mais pour cela, il va falloir que quelque chose change.

Je réfléchis à cela pendant que je me douche et que je m'habille, et j'y pense encore quand je sors pour aller dans la cuisine. J'ouvre la porte de ma chambre et je suis accueillie par une délicieuse odeur d'œufs et de bacon, mon estomac gargouille lorsque je m'assieds sur le tabouret de bar.

— J'ai l'impression que votre ventre est heureux de me voir, *sì* ?

— *Sì !* Comment allez-vous ce matin, Renaldo ?

— Très bien, Miss Mia. Et vous ? Vous avez l'air très reposée, dit-il en souriant et en me lançant un clin d'œil.

— Oui, j'ai très bien dormi, je réponds en souriant à mon tour et en repensant à mon appel avec Wes.

Bon sang, ce mec sait parler sexe. En quelques minutes, il m'a fait passer de zéro à un million sur l'échelle de l'excitation. J'étais tellement comblée que je me suis endormie sans avoir raccroché. Dès que mon téléphone sera rechargé, je lui enverrai un message pour le remercier et lui dire combien j'ai aimé notre discussion – et je ne parle pas seulement du sexe. J'aime parler à Wes, c'est toujours très naturel, comme si nous avions toujours été amis. Avec lui, les choses sont simples, et j'espère que ça restera ainsi pour le reste de l'année. Seul le temps nous le dira.

Renaldo pose devant moi une assiette fumante d'œufs brouillés, de bacon et de fruits. Lorsque Tony et Hector entrent, main dans la main avec un sourire satisfait, j'ai la bouche pleine.

— J'ai comme l'impression que je ne suis pas la seule à avoir passé une bonne nuit, je dis en souriant.

Je ne sais pas pourquoi j'ai dit ça. Apparemment, il y a quelque chose chez ces mecs qui me donne envie de tout leur dire, or ça ne me ressemble vraiment pas.

Tony hausse les sourcils tandis qu'Hector s'assied à côté de moi, pose ses deux coudes sur le bar et appuie sa joue sur une main.

— Ah ouais ? Je veux bien te raconter ma soirée, mais d'abord, il faut que tu m'expliques pourquoi ta soirée a été géniale alors que tu es rentrée ici toute seule.

J'y réfléchis une seconde en mâchant une bouchée d'œufs que je fais passer avec une gorgée de café.

— Ça marche.

C'est ainsi qu'Hector et Tony apprennent l'existence de Wes.

Chapitre 6

— Et tu es partie ? Tu es dure, meuf, rétorque Hector d'une voix indignée.

Je n'ai même pas expliqué la situation de mon père ni pourquoi je suis escort qu'il est déjà du côté de Wes. Je vous jure, les hommes… ils n'entendent que ce qu'ils veulent. Peu importe qu'ils soient gays ou non, il leur manque tout de même ce gène qui leur permettrait de comprendre les femmes et les raisons de leurs actes.

— Hector, tu ne comprends pas, je réponds en secouant la tête. J'étais obligée de partir, je n'ai pas eu le choix.

— Eh bien explique-moi pourquoi, et vite, ma belle. Si Tony me laissait comme ça, je serais anéanti.

— Non, ce n'est pas comme ça entre Wes et moi.

— Ah ouais ? C'est comment ?

— On est amis.

— Des amis qui baisent au téléphone ? Des amis qui passent un mois à coucher ensemble…

J'essaie de l'interrompre, mais il lève la main pour me faire taire.

— … dont l'un supplie l'autre de rester avec lui… pour toujours !

— Il n'a pas dit ça ! Oui, il m'a demandé de rester et oui, j'ai refusé, même si ça m'a déchirée… mais c'était impossible !

— Alors, pourquoi tu as dit non ? demande-t-il.

Je n'ai pas le temps de répondre, car un bruit de talons frappant le carrelage retentit dans le couloir. Je retiens ma respiration, essayant de me rappeler ma mission, histoire que la sœur de Tony ne m'entende pas parler de Wes. C'est quand même une des nombreuses personnes que je suis censée convaincre.

— Salut ! J'ai tellement hâte d'aller faire du shopping, aujourd'hui ! s'exclame Angelina en entrant dans la pièce.

Elle prend d'abord Hector dans ses bras, puis moi.

— Mon frère est déjà au travail ?

— Oui, il est parti il y a environ une heure. Tu veux manger ou boire quelque chose ? propose Hector.

— Non merci, je suis prête à faire les boutiques ! Et toi Mia ?

Je grogne en tendant le bras pour prendre mon sac à main.

— Ouais, si on veut.

— Tu n'as pas l'air emballée, marmonne Angelina.

Hector ricane et prend Angelina par le bras.

— Elle n'aime pas le shopping, lui confie-t-il.

Angelina me regarde bouche bée, les yeux écarquillés.

— Tu es sûre que tu es une fille ?

— Bien sûr, mais je ne suis pas le genre qui aime faire les magasins. Je le vis très bien, tu sais.

— Ouais, sauf que ta garde-robe est constituée de jeans, de débardeurs unis et de t-shirts de concerts. C'est pitoyable. Son pyjama est plus stylé que toute sa valise, rétorque Hector.

Il n'a pas tort.

— C'est parce que c'est la styliste de Wes qui l'a acheté.

Je regrette immédiatement ce que j'ai dit et je me mords la lèvre.

— Wes ? C'est qui, Wes ? demande Angelina en me scrutant du regard.

— Oh, c'est juste un ami. Mon meilleur ami homo.

Je me sens immédiatement coupable de mentir à propos d'un homme aussi génial que Wes.

— Hmm, d'accord, dit-elle en rejetant ses magnifiques cheveux par-dessus son épaule. Bref, allons-y !

Nous la suivons à l'ascenseur et, dans son dos, Hector me lance un regard désapprobateur. Je grimace et le regarde d'un air coupable en articulant « désolée ».

*

Hector et Angelina m'ont enfermée dans une cabine d'essayage chez Gucci. Ils m'ont obligée à essayer toute la collection, des robes aux jeans en passant par les jupes – des vêtements magnifiques et branchés que je n'aurais jamais envisagé d'acheter moi-même. Chaque fois que j'essaie une tenue, je dois sortir de la cabine et faire un petit défilé pour la leur montrer. Je monte même sur une petite estrade devant un mur de miroirs, mon pire cauchemar, pour leur permettre de commenter la tenue dans les moindres détails et me tripoter comme un animal en cage. Certes, les vêtements qu'ils décrètent comme « essentiels » me vont bien, mais je trouve tout le processus très dégradant.

Durant tout ce temps, Angelina ne cesse de parler de son frère et de notre relation, et je commence à fatiguer.

— Alors, est-ce que Tony et toi avez fixé une date pour le mariage ? demande-t-elle.

— Pas encore, non, je réponds en secouant la tête.

Elle tire le débardeur que j'ai essayé pour l'aplatir sur ma taille.

— Ah bon ? Mais vous vous connaissez depuis super-longtemps, non ? Tony a dit que vous vous êtes séparés et remis ensemble plusieurs fois.

— Oui, on peut dire ça comme ça.

— Je ne comprends pas pourquoi vous attendez. Maman a dit qu'elle allait vous en parler, à tous les deux, pour vous convaincre de vous marier ce mois-ci, tant que tu es là, histoire que ce soit officiel.

Hector et moi nous figeons et dévisageons Angelina.

— Quoi ? je demande.

Hector retrouve sa voix avant moi.

— Tu n'es pas sérieuse ? demande-t-il, horrifié.

Il ne semble pas gérer très bien la situation.

— Hector… je préviens.

Angelina hausse les épaules.

— Ce n'est pas la fin du monde, si ? Vous vous aimez, vous ne rajeunissez pas et maman veut un héritier masculin. Elle déjeune avec Tony aujourd'hui pour lui en parler, d'ailleurs.

Je suis bouche bée. Soudain, il fait beaucoup trop chaud dans la cabine d'essayage.

— Euh, Tony et moi n'avons pas vraiment pensé aux détails.

— Pas grave. Maman obtient toujours ce qu'elle veut, de toute façon. N'est-ce pas, Hector ?

Elle se tourne pour regarder Hector, qui recule lentement jusqu'à rencontrer une chaise sur laquelle il se laisse tomber.

— N'est-ce pas ? répète Angelina.

Il hoche la tête, pose ses coudes sur ses genoux et baisse la tête pour passer ses mains dans ses cheveux. La dernière fois que j'ai vu un homme dans cet état, c'était Wes quand je lui ai dit que je ne pouvais pas rester avec lui. Je descends de l'estrade et vais vers lui, m'agenouillant à ses pieds. Lorsqu'il lève la tête, je vois des larmes dans ses yeux. Je pose mes mains sur ses joues et secoue la tête pour lui montrer que ça n'arrivera pas. C'est hors de question, c'est impossible. Tony l'aime ! Il ferme les yeux et respire par le nez tandis qu'une larme solitaire coule sur sa joue.

— Ce ne sera jamais moi, chuchote-t-il.

— Mais c'est toi, je lui promets fermement. C'est toi qu'il aime.

Hélas, nous avons tous les deux oublié que nous ne sommes pas seuls.

— Je le savais ! s'exclame Angelina en s'asseyant sur la chaise à côté d'Hector.

Tout à coup, il se transforme. Il se tient plus droit et ses mains se referment sur ses genoux.

Comme s'il redevenait le Hector cool, calme et mesuré que tout le monde connaît et adore, pas cet homme au cœur brisé qui affronte de sérieux problèmes avec son partenaire.

— Euh, Hector traverse juste une passe difficile, et je l'aide à…

— Tu aides Tony et lui à berner toute la famille à propos du fait qu'ils sont ensemble.

Alors là ! Je ne m'attendais pas à ça.

— Je ne vois pas de quoi tu parles… essaie-t-il de manière peu convaincante.

— Ne te fatigue pas. Tu crois que je ne sais pas que mon frère et toi êtes ensemble depuis la fac ? Tu me prends pour une idiote ? Je suis la meilleure amie de Tony. Enfin, après toi, bien sûr.

— Il te l'a dit ?

Elle secoue la tête.

— Non, mais je connais mon frère. Et je te connais. Aucun de vous deux n'a jamais été en couple. De temps en temps, Tony ramène un rencard au dîner de famille, mais j'ai toujours vu que ces filles ne lui plaisaient pas. Cela dit, je dois avouer que lorsque tu es arrivée, Mia, je me suis un peu inquiétée, dit-elle. S'il y a une femme qui peut rendre un gay hétéro, c'est bien toi.

— C'est un compliment vraiment étrange, mais… merci, je crois. Alors, qu'est-ce qu'on fait maintenant ? je demande en m'asseyant par terre.

Angelina hausse les épaules.

— Tony doit le dire à maman.

Hector secoue la tête.

— C'est impossible. Il ne veut pas décevoir Mona et la famille. En plus, il y a la boîte à gérer et le club de boxe qu'il ne veut pas laisser tomber.

— On s'en fout, de la boxe. Il n'en fait presque plus, de toute façon, depuis que papa est mort. Et puis, Rocko gère le club, Tony peut participer autant qu'il veut, mais il n'a aucune obligation. C'est une excuse bidon, ça.

— Et la boîte ? insiste Hector. Tu crois qu'une entreprise comme *Fasano's* peut supporter que son PDG annonce qu'il est gay ?

Angelina hausse les épaules.

— Le travail, c'est le travail. Je me fiche de ce que pense la boîte.

— Mais pas Tony. L'entreprise de son père est tout pour lui, soupire Hector.

— Non, tu te trompes, je dis en posant ma main sur son genou. C'est toi qui es tout pour lui.

Hector se lève brusquement.

— Sans vouloir te vexer, Mia, si c'était vrai, tu ne serais pas là, dit-il en tournant les talons et en quittant la pièce.

Je me lève pour m'asseoir à sa place, à côté d'Angelina.

— Quel bazar !

— C'est clair. Ça fait longtemps que je me doute qu'ils sont ensemble, mais c'est la première fois que je décide de m'en mêler. Mia… dit-elle en me regardant, ses yeux bleus remplis de larmes. Mamma pense vraiment que tu es la bonne, tu sais. Elle est convaincue qu'elle doit vous marier pour que vous lui donniez vite un héritier.

— Eh, ne t'inquiète pas. Je vais parler à Tony et Hector. On va trouver une solution. Ça va bien se passer. Je ferai mine de le plaquer devant tout le monde, ou quelque chose comme ça. Ce n'est pas la peine de te mettre dans tous tes états.

— Ce n'est pas ça, c'est juste que... Rocko et moi essayons d'avoir un bébé depuis un certain temps, maintenant. Maman ne m'en parle jamais, mais elle n'a qu'une idée en tête, c'est que Tony ait un fils pour perpétuer le nom de famille.

— Ça ne doit pas être facile, je dis en lui caressant le dos. C'est dur de toujours passer en second.

— Ouais. En même temps, on est cinq, Mia, dit-elle d'une voix épuisée. Il y en a toujours une qui est deuxième, troisième, quatrième et cinquième. C'est juste que Tony est toujours le premier.

Je comprends ce qu'elle dit. Après ce premier dîner de famille, j'ai vu que Mona regardait son fils comme le Messie, j'ai vu son amour pour ses petits-enfants… Si Tony a été jusqu'à embaucher une escort pour faire semblant d'être sa fiancée, c'est que sa mère a une sacrée emprise sur toute la famille.

— Que doit-on faire, à ton avis ?

Angelina se lève et ramasse les vêtements qu'on a choisis tandis que je retourne dans la cabine pour me rhabiller.

— Pour maman, je ne sais pas encore. Ce qui est certain, c'est que le club de boxe s'en sortira très bien sans Tony. Quant à la boîte, eh bien… je pense qu'il faudrait qu'on embauche une chargée des relations presse. Quelqu'un qui fera du coming out de Tony une histoire banale afin que les médias ne s'y intéressent pas. Je peux consulter mon équipe et trouver des idées. Quoi qu'il en soit, c'est notre entreprise, dit-elle d'une voix pleine d'assurance. L'homosexualité du PDG va sans doute susciter des rumeurs pendant un certain temps, mais on a un bon produit. On ne va ni faire faillite ni perdre nos distributeurs. Les gens adorent les recettes de

Mamma, et les prix sont idéaux pour les familles aux revenus modestes.

— C'est vrai que la nourriture est délicieuse. C'est le meilleur restaurant italien que je connaisse.

— Exactement ! Il faut simplement que Tony arrête d'essayer de faire plaisir à tout le monde, tu comprends ?

Je hoche la tête, car je vois exactement ce qu'elle veut dire, même si je ne vais pas l'admettre devant une étrangère. Depuis que ma mère est partie, j'ai tout fait pour garder la famille soudée : m'occuper de papa quand il était ivre mort, aider Maddy à finir le lycée… Aucun souci, j'ai couché mon père et j'ai aidé Maddy tous les soirs avec ses devoirs, veillant toute la nuit pour finir les miens.

Par ailleurs, je me suis toujours assurée que nous avions de quoi manger et un toit au-dessus de nos têtes. À seize ans, j'étais serveuse dans les casinos pour me faire du fric. Certains soirs, je rapportais les restes du buffet et, pour une fois, nous mangions bien.

Même papa me félicitait d'avoir fait du « bon boulot ».

J'ai tellement travaillé avant l'âge de dix-huit ans que le jour où je suis devenue majeure, j'avais déjà assez d'heures pour bénéficier de la Sécurité sociale. Aujourd'hui, encore une fois, je ne suis escort que pour rembourser la dette de mon père. Ce serait donc parfaitement hypocrite de ma part de dire à quelqu'un comment vivre sa vie alors que j'ai aussi mal géré la mienne. Cependant, les choses changent et la situation s'améliore peu à peu. J'ai des ressources, à présent. Des gens qui se soucient de mon bien-être et qui m'aideraient en cas de besoin, Maddy, Ginelle, Millie, Wes et même Alec.

— J'aimerais aider Tony et Hector, de quelque manière que ce soit.

— Au fait, comment ils t'ont rencontrée ?

Je ne suis pas certaine de pouvoir le lui dire. Si je lui dis que je suis escort, est-ce qu'elle va me voir différemment ? D'habitude, lorsqu'on entend ce terme, on pense immédiatement à une prostituée. Or, dans mon cas, ce n'est pas vrai. Enfin… techniquement, j'ai couché avec Wes et Alec et… quand je l'ai rencontré, je dois admettre que j'ai un peu fantasmé sur Tony, mais ce n'est plus le cas à présent.

Angelina attend patiemment que je décide de ma réponse, ce que j'apprécie. Il se dégage de cette femme une tranquillité et un calme qui sont admirables. J'étudie son beau visage un instant, ses yeux sont tendres, généreux et si bleus qu'on a envie de se noyer dedans.

— Je suis escort.

Elle hausse les sourcils et retient son souffle. Puis, plutôt que de m'insulter, elle laisse tomber sa tête en arrière et éclate de rire, si fort qu'elle en pleure. Son rire est contagieux et je ne peux me retenir de me joindre à elle.

Lorsque nous retrouvons Hector à la caisse, nous pleurons à chaudes larmes.

— Qu'est-ce qui vous est arrivé, bon sang ? demande-t-il en nous regardant tour à tour.

Nous essayons toutes deux d'arrêter de rire pour lui répondre, mais ce n'est qu'au bout de trente bonnes secondes que j'y parviens.

— Elle a appris comment je gagnais ma vie, je glousse.

Il écarquille les yeux et saisit Angelina par le coude pour la tirer contre lui.

— Ce n'est pas ce que tu crois, marmonne-t-il.

— Quoi ? Que vous payez Mia pour que Mamma vous fiche la paix et que Tony puisse continuer à vivre sa vie ?

— Ok, eh bien, si c'est précisément ce que tu crois, alors.

Nous nous remettons toutes les deux à rire pendant qu'Hector paie la vendeuse et nous entraîne dehors. Une fois dans la limousine, nous retrouvons enfin notre calme.

— Tu ne dois rien dire à Mona, dit Hector à Angelina. Elle serait anéantie. J'ai promis à Tony qu'on tiendrait le mois et je soutiens sa décision. Il pense que Mona est incapable de comprendre ce que nous représentons l'un pour l'autre. Il sait que, pour elle, le véritable amour n'est possible qu'entre un homme et une femme.

— Même si ça vous oblige à cacher votre amour toute votre vie ?

Hector s'affaisse dans le siège et fronce les sourcils. Il ferme les yeux et semble réfléchir. Angelina et moi attendons patiemment.

— Si c'est le prix à payer pour avoir l'amour de ton frère, alors ça me suffit. Je l'aime, je ferais n'importe quoi pour lui.

*

Il s'avère qu'Hector n'a pas menti. Il joue le jeu à merveille. Durant la semaine qui suit, nous nous rendons à divers événements professionnels et familiaux. Je passe la plupart de mon temps avec Hector, ne servant que de figurante auprès de Tony lorsqu'il lui faut quelqu'un avec qui poser pour les photos. Ça m'énerve terriblement, et pas parce qu'on m'utilise pour mon physique. Je suis dégoûtée, car chaque fois que Tony me présente comme sa fiancée et que les gens s'émerveillent, le cœur d'Hector se brise un peu plus.

Je ne sais pas encore quoi, mais il faut faire quelque chose.

Chapitre 7

Hector arrive dans la cuisine en glissant, en chaussettes, sur le carrelage.

— Elle sera là dans une minute ! annonce-t-il. Où sont mes chaussures, bon sang ?

— Papi, pourquoi tu as besoin de mettre des chaussures, de toute façon ? dit Tony en riant.

— Il ne comprend vraiment rien, me dit-il avant de s'arrêter net devant moi. C'est ça que tu mets ? s'exclame-t-il en reluquant d'un air dédaigneux mon jean et mon débardeur noir.

Apparemment, je ne devrais pas être habillée comme ça.

— Ta mère vient faire à manger, ce n'est pas une grande occasion, si ? je demande en tirant sur mon débardeur pour m'assurer qu'il couvre bien mon ventre.

J'ai décidé de laisser mes cheveux lâches, parce que c'est un de mes plus beaux atouts, en dehors de mes seins, qui sont plutôt canon.

Tony me regarde du coin de l'œil avant de hausser les épaules.

— La police du style, c'est Hector. Pour moi, ta tenue est parfaite.

— Tu vois, pour lui je suis parfaite, je dis en tirant la langue à Hector. C'est toi qui te comportes comme un taré, pourquoi tu en fais tout un plat ?

Hector m'ignore et s'en va en marchant d'un pas lourd et agacé.

— Sans rire, qu'est-ce qui lui prend ?

— T'inquiète, il est juste obsédé par l'idée de convaincre Mamma qu'il est l'homme parfait.

— Et c'est le cas, tu n'es pas du même avis ?

— Bien sûr que si, dit-il en fronçant les sourcils. Je ne serais pas avec lui depuis toutes ces années si je ne le pensais pas.

C'est le moment de vérité. Cela va faire deux semaines que je vis avec Tony et Hector, et je crois avoir compris la dynamique de leur couple. Hector est le plus passif et le moins dominant des deux, tandis que Tony est le mâle alpha. Peut-être que je peux lui faire comprendre que s'il ne dit pas la vérité à sa mère et à sa famille dès que je serai partie, il risque de perdre une chose qu'il a toujours considérée comme acquise, la confiance d'Hector.

— Écoute, Tony, je trouve ça chouette d'être ici et j'adore passer du temps avec Hector et toi.

— Nous aussi, on aime t'avoir avec nous, Mia. Vraiment. Tu es la bienvenue quand tu veux. On est touchés que tu nous aides à gérer ce problème.

— Tu sais que tu me paies pour le faire ? je réponds en souriant. C'est juste que… je me demandais si… tu n'as jamais envisagé de faire ton coming out ?

Le sourire de Tony se transforme en grimace.

— Écoute-moi une seconde.

Il s'adosse au plan de travail et croise les bras. Bon sang, quels bras ! J'ai beau savoir qu'il est homo, je ne peux m'empêcher de baver devant son corps de rêve.

— Angelina est au courant.

Tony écarquille les yeux et je m'empresse de me justifier.

— Je ne lui ai rien dit, promis ! Elle l'a compris la semaine dernière quand on faisait les magasins. Elle a dit qu'elle le savait depuis que vous avez fini la fac.

Tony retient son souffle et se gratte la barbe.

— Bon sang, qu'est-ce que tu as dit ? Est-ce qu'Hector est au courant ?

— Oui, il était là, je dis en regardant mes doigts de pieds vernis par Hector. Ta sœur se demande surtout pourquoi tu ne leur as pas dit.

— Et qu'est-ce que tu as répondu ?

— Moi ? je m'exclame en secouant la tête. Je n'ai rien dit du tout !

Je ne devrais pas m'énerver, mais je ne peux m'en empêcher. C'est comme si toute ma frustration avait soudain décidé de jaillir.

— En gros, Hector lui a dit que tu ne voulais pas décevoir ta famille et qu'il pourrait y avoir des soucis avec le club de boxe et la boîte. Mais surtout, que tu t'inquiétais pour ta mère.

Les épaules de Tony s'affaissent et il se tourne face au plan de travail, s'appuyant dessus, comme si le poids de toute la famille Fasano pesait sur ses épaules.

— Tu sais, Mia, c'est épuisant de toujours se cacher, de s'inquiéter de qui pourrait le découvrir, de la réaction de Mamma et de la famille. De la réaction du public. Je ne supporte pas l'idée de faire du mal à ceux que j'aime et à Hector juste pour soulager un désir égoïste.

Je contourne le bar pour aller jusqu'à lui et je pose mes mains dans son dos.

— Ce n'est pas égoïste de vouloir être avec la personne que tu aimes, Tony.

— Ah non ?

— Non. C'est ton droit, en tant qu'être humain. Et Hector t'aime. Plus que tout, il aimerait que tu cries ton amour pour lui au monde entier ! Ou du moins, que tu lui donnes la permission de le faire à ta place, j'ajoute en riant.

Tony se tourne et me prend dans ses bras, ses bras magiques, chauds, forts et protecteurs. Ils sont comme je les avais imaginés. Les câlins de Tony sont probablement les meilleurs au monde.

— Je ne sais pas quoi faire, chuchote Tony dans mes cheveux.

— Bien sûr que si. Tu l'as toujours su, il ne te reste plus qu'à le faire.

— Le bon moment ne se présente jamais, répond-il en secouant la tête.

Je recule pour le regarder dans les yeux.

— Ce ne sera jamais le bon moment pour faire du mal à quelqu'un, je dis en posant ma main sur son cœur. Mais lorsque ce sera fait, tu n'auras plus jamais à le refaire. Tu n'auras plus à t'en soucier. Tu passeras à autre chose. Tout le monde passera à autre chose.

— Et le club de boxe ?

— Angelina dit que tu n'es plus très impliqué, de toute façon, et que ça ne regarde personne.

Il penche la tête sur le côté et me regarde droit dans les yeux. J'ajoute :

— Tu sais, étant donné que tu es un des plus gros sponsors, je ne pense pas qu'ils prendront le risque de te perdre. Et puis, tu t'es vu ? Tu es un géant et tu es canon. Tout le monde – et je dis bien tout le monde – veut continuer de voir ton corps en sueur sur le ring, que tu sois gay ou non, je conclus avec un clin d'œil.

Tony éclate de rire en passant sa main dans ses cheveux.

— Et la boîte ?

— Eh ben, Angelina dit qu'en tant que directrice marketing, elle peut embaucher une chargée de relations presse qui fera en sorte que ça ne reste pas longtemps dans les journaux, et qu'après ça les affaires reprendront leur cours normal. Elle pense que la nourriture est trop bonne et trop abordable pour que l'orientation sexuelle du PDG ait un impact sur les ventes.

Il soupire, puis ouvre le frigo et en sort une bière. Il la décapsule et, en deux énormes gorgées, il la vide. Regarder cet homme boire et manger est vraiment hors du commun.

— Et Mamma ? Et toute la famille ? Les choses ne sont pas si simples... dit-il sèchement.

Je hoche la tête.

— Ce sera dur, et elle va peut-être s'énerver, voire pleurer ou te jeter quelque chose à la figure. Ta mère est vraiment féroce !

Il retrouve son magnifique sourire étincelant.

— Hector et toi avez parlé d'avoir une famille ? je demande.

Je meurs d'envie de savoir ce dont ils ont parlé depuis que je suis arrivée, mais je n'ai pas encore osé poser la question.

Tony prend une autre bière et jette la capsule sur le plan de travail, à côté de la première.

— Ouais. Il dit qu'il veut des enfants et qu'il les veut bientôt, dit-il en souriant jusqu'aux oreilles. Le truc, c'est qu'il veut être marié ou avoir une sorte de cérémonie officielle avant.

— Je le comprends. Si vous avez des enfants, c'est bien d'être marié avant, tu ne penses pas ?

— Peut-être, mais je ne nous ai jamais vus nous marier. C'est un peu vieux jeu et officiel, je trouve. Notre relation semble tellement évidente… je n'ai jamais ressenti le besoin d'en faire tout un plat, tu vois ce que je veux dire ?

— Est-ce qu'Hector voit les choses de la même manière ? Parce que j'ai beau le connaître depuis à peine deux semaines, il m'a donné l'impression qu'il adorait les grandes occasions. Je ne serais pas surprise qu'il veuille une grande démonstration d'amour en public.

— Tu passes beaucoup trop de temps avec Angie, Mia. Tu es passée dans leur camp.

— Absolument pas ! je réponds en secouant la tête. Si je me marie un jour, ce qui est peu probable, j'irai à Las Vegas.

Tony me pointe du doigt en souriant jusqu'aux oreilles.

— Tu vois ?! Ça, je comprends. Un mariage à Las Vegas, c'est parfait !

— Il faudra me passer sur le corps, dit la voix de Mona Fasano.

— Mamma ! On ne t'a pas entendue entrer, dit Tony en allant vers elle et en l'embrassant sur chaque joue avant de la prendre dans ses bras.

Hector se tient derrière elle, le regard meurtrier. Je secoue la tête en écarquillant les yeux pour lui faire comprendre que ce n'est vraiment pas ce qu'il pense. Mona vient vers moi, me fait la bise et me tient à bout de bras, le regard aussi foudroyant que celui d'Hector.

— Tu es parfaite pour faire des bébés, dit-elle en frappant dans ses mains. Hector, mon garçon, dit-elle par-dessus son épaule.

— Oui, Mona.

— Que cuisine-t-on ce soir ? demande-t-elle.

Elle pose une main sur sa joue et le regarde avec une tendresse évidente. Elle l'aime comme un fils, personne ne peut en douter. J'espère que ça l'aidera quand elle apprendra la vérité, si Tony se jette à l'eau un jour.

— Des enchiladas !

— On ne mange pas italien ? je demande, surprise que ce ne soit pas la mère italienne par excellence qui nous prépare à manger.

Mona secoue la tête.

— Non, lorsque Hector et moi cuisinons ensemble, nous puisons dans son héritage. Ça me permet d'élargir mes compétences, et un jour, j'inventerai une recette pour le restaurant qui mêlera les cultures mexicaine et italienne, déclare-t-elle en me poussant par les hanches pour me faire asseoir sur un tabouret. Toi, tu t'assieds là, et nous allons discuter pendant qu'Hector et moi faisons à manger. *Capisce*[1] ?

Ça me va. Tony me tend une bière et prend place à côté de moi.

---

1. « Compris » en italien.

— Alors, c'est quoi cette histoire de mariage à Las Vegas ?

Mamma Mona n'y va pas par quatre chemins.

— Mamma, on discutait, c'est tout. Ça ne veut rien dire, dit Tony en regardant Hector au moment où Mona nous tourne le dos. Je ne m'enfuirai jamais pour épouser Mia. Jamais, jure-t-il d'une voix rauque.

Hector ferme lentement les yeux, et lorsqu'il les ouvre, ils sont de nouveau pleins d'amour et d'espoir. C'est une chose si belle à voir, j'espère que la honte que ressent Tony ne va pas finir par leur coûter leur relation.

— Tant mieux, répond Mona. Parce que tu es un bon catholique. Tu te marieras à Saint Peter, dans notre église. Là où ton père et moi nous sommes mariés, dit-elle d'une voix pleine de fierté. J'ai longtemps eu peur que tu ne te maries jamais, mais maintenant que nous avons Mia…

Elle tourne la tête vers moi et me sourit généreusement, brisant mon cœur en mille morceaux.

— … notre famille sera au complet et tu porteras notre nom.

Elle pose la cuillère en bois qu'elle tient à la main, se tourne et prend son fils dans les bras.

— Ton père et moi sommes tellement fiers de toi. S'il était là, aujourd'hui, il vous donnerait sa bénédiction.

Elle essuie ses larmes, se racle la gorge et se remet au travail. Je vois Hector déglutir, ravalant ses émotions.

— En parlant d'église, le père Donahue sera ravi de vous unir. Mais il faudra que vous suiviez une préparation au mariage, avant. Pourquoi ne pas commencer ce week-end ?

L'église ? Une préparation ? Je secoue la tête.

— Euh… je ne sais pas trop.

— Mamma, on n'a pas fixé de date. Et on n'a pas parlé de nos religions.

Mona lève brusquement la tête.

— Quoi ? Comment ça ? C'est une des premières choses dont il faut parler dans un couple. Mia, ma chère, tu es catholique ?

— Je ne suis rien du tout. Je, euh… Je n'ai pas eu d'éducation religieuse, je dis, et Mona me dévisage froidement.

— Tu es baptisée ?

— Non, je réponds sèchement, prise d'angoisse.

— As-tu déjà été mariée ? demande-t-elle en posant une main sur sa hanche tandis que l'autre tient la cuillère.

Je secoue la tête.

— Mon fils, il va tout de suite falloir qu'elle commence à venir à l'église avec nous. Pour se marier, il faut être bien vu à Saint Peter. Vous aurez sans doute besoin d'une préparation plus longue pour que le prêtre accepte de marier quelqu'un qui n'est pas catholique. Il faut qu'on s'y mette tout de suite.

Le poids de ses paroles m'écrase comme un rouleau compresseur.

— Mon Dieu, je dis en me levant, parfaitement paniquée.

Ma poitrine est oppressée, je n'arrive plus à respirer. Il me faut tout de suite de l'air. Je me précipite vers le balcon, j'ouvre la porte-fenêtre et je respire à pleins poumons l'air frais du mois de mars. Dieu merci. Enfin non, plus question de parler de Dieu, ce soir. Je vais m'en assurer.

Deux bras costauds m'enlacent. Cependant, même s'ils sont fabuleux, ce ne sont pas ceux que je veux. Je veux Wes. Si seulement il était là… il trouverait la situation hilarante.

— Mia, ne la laisse pas t'atteindre. On va gérer tout ça, dit Tony en me serrant contre lui.

Je m'oblige à respirer plus lentement et je suis bientôt assez calme pour le regarder en face.

— Il faut que tu dises la vérité à ta mère, je dis en le poussant légèrement. Ça va trop loin.

— Je sais, admet-il en laissant tomber sa tête en avant. C'est juste que… c'est tellement dur, tu sais ?

— Ouais, je sais.

Nous nous asseyons dans des transats, face à face.

— Je ne suis pas la seule à encaisser. Hector a de plus en plus de mal à supporter cette situation, lui aussi.

— Comment ça ? demande Tony en levant brusquement la tête.

Je prends ses mains dans les miennes.

— En n'acceptant pas qui tu es, tu ne l'acceptes pas, lui. Je déteste avoir à te le dire, Tony, mais il le faut. Essaie de voir les choses du point de vue d'Hector. En gros, c'est comme s'il n'était pas assez bien pour toi, que son amour ne valait pas la peine de prendre de risques.

Il retient son souffle et recule la tête comme si je venais de le gifler.

— Ce n'est pas vrai ! Je l'aime !

— Ah bon ? Alors, pourquoi tu le caches ?

— Tu sais pourquoi.

— Ça ne suffit pas ! Ce sont des excuses, Tony, et ça fait quinze ans que tu as les mêmes. Il est temps de te libérer de ce poids et de faire d'Hector ta priorité. Comme il fait de toi la sienne. Pendant toutes ces années, il aurait pu cracher le morceau à ta famille, à tes amis, à tes collègues, mais il ne l'a pas fait. Il a accepté de rester dans l'ombre du moment qu'il était avec toi. Ton bonheur est ce qui compte le plus à ses yeux, mais je te promets que cette mascarade est en train de le tuer à petit feu, Tony. Je le vois dans ses yeux, pourquoi toi, tu ne vois rien ?!

— Merde ! Pourquoi il faut que ce soit si compliqué ?

— C'est la vie, Tony. Grandis un peu. Choisis Hector, quelles qu'en soient les conséquences. C'est ce qu'il a fait pour toi. Il a fait passer ton bonheur avant le sien parce qu'il a choisi d'être avec toi.

Sur ce, je me lève et je retourne dans le salon, où nous attendent Hector et Mona.

— Mia… dit Hector d'une voix tremblante.

Cependant, je continue sur ma lancée. Mais je réalise soudain que ma colère est impolie, pour mes clients, pour Mona. Je m'arrête et je me tourne vers eux.

— Je suis désolée, mais je ne me sens pas très bien, tout à coup. Je vais me coucher. Merci d'être venue, Mona, je suis sûre que le dîner sera délicieux.

Je tourne les talons pour regagner ma chambre, mais Hector m'arrête et me prend dans ses bras.

— Je suis désolé. On est désolés, tous les deux, chuchote Hector, assez bas pour que je sois seule à l'entendre.

— Je sais, je réponds, tandis que les larmes remplissent mes yeux. J'ai juste besoin d'un peu d'espace.

Il me lâche et je m'enferme dans ma chambre. Je m'allonge sur le lit, prends mon téléphone et j'appelle la seule personne que je ne devrais pas appeler. Ça sonne quatre fois avant que sa messagerie ne décroche.

« *Vous êtes sur le répondeur de Wes. Laissez un message après le bip et je vous rappellerai dès que possible.* »

** *Biiip* **

— Salut, c'est moi, euh, Mia. Je voulais juste…

J'inspire profondément en cherchant mes mots, quelque chose qui ne sonne pas désespéré.

— … j'avais juste besoin d'entendre ta voix, je dis en fermant les yeux. On s'appelle bientôt. Ok ? Ciao.

Chapitre 8

La semaine qui suit, les relations sont tendues au sein de notre trio. Pour la première fois en trois semaines, j'ai conscience d'être une pièce rapportée. Tony est stressé et il grogne à peine un bonjour et un au revoir. Hector est plus aimable, plus doux, mais il est sur les nerfs et c'est sur moi qu'il se défoule. À l'évidence, les choses ne se passent pas bien entre eux, mais je comprends qu'il ne veuille pas m'en parler. Je ne suis pas fière du caprice que j'ai fait avec Mona, le week-end dernier, mais je ne regrette rien de ce que j'ai dit à Tony. À force de refuser de parler des sujets qui fâchent, leur relation va se détériorer peu à peu, et c'est sans compter le poids que représente le fait de mentir constamment aux autres Fasano.

Et puis il y a moi, la nana coincée au milieu.

Je suis en soutif-culotte, face à mon armoire ouverte, perdue dans mes pensées, alors que je suis censée m'habiller.

— Salut, enfile un jean sexy et un blouson, dit Hector depuis la porte ouverte.

Je ne l'ai même pas entendu entrer. J'attrape mon slim noir tandis qu'il choisit pour moi un pull vert et un blouson en cuir chocolat. Je m'habille sans dire un mot. Quand Hector veut parler, il le fait en privé, et en général, il le fait dans l'intimité de l'autre personne.

— Je sais qu'il m'aime, dit-il en sortant du placard une paire de bottes.

Elles sont à talons hauts et de la même couleur que mon blouson. Surtout, elles coûtent sans doute plus que la voiture que j'ai achetée à ma sœur. Au lieu de répondre, je m'assieds sur le lit en silence. Hector s'agenouille à mes pieds, soulève ma jambe et m'aide à enfiler la botte.

— C'est juste qu'il a peur de décevoir sa mère. Avant, c'était son père. Joseph Fasano était un vrai macho italien, en plus d'être très conservateur. Quand il est décédé, l'an dernier, j'ai pensé que peut-être… il leur dirait. Mona m'adore. Elle me traite comme son fils.

Il lève la tête et je vois les larmes dans ses yeux.

Je prends son visage dans mes mains.

— Oui, je sais.

— Alors j'ai pensé… commence-t-il en secouant la tête. J'ai vraiment espéré, mais maintenant, je ne sais plus. Depuis que tu es là, toutes ces conversations de mariage et de bébés… ça me fait espérer davantage. Tu vois ce que je veux dire ? Ça me fait voir tout ce qu'on devrait avoir depuis longtemps.

Une larme coule sur ma joue et il l'essuie avec son pouce.

— Oh, ma belle Mia, rien de tout ça n'est de ta faute, tu sais.

— Ah non ? Pourtant, c'est moi qui suis ici.

— Seulement parce qu'on t'a fait venir, répond-il en fronçant les sourcils.

— C'est vrai. Tu as raison. Ça n'a rien à voir avec moi, je ricane, lui arrachant un sourire.

— Allez, viens. Tony et moi voulons te montrer quelque chose.

Il se lève et sort une écharpe vert fluo du placard.

— C'est quoi, cette obsession pour le vert ?

Il écarquille les yeux et soupire.

— Mia, c'est la Saint-Patrick. La ville entière fête ça, et nous aussi ! C'est notre fête préférée. Pas de tristesse, pas de soucis, il n'est question que de s'amuser avec ses amis et ceux qu'on aime. Tu es partante ?

Un soulagement énorme s'abat sur moi et je me sens infiniment plus légère.

— Et comment !

— Alors viens, *señorita*, on y va !

*

— Waouh, quel vent ! je m'exclame en sortant de la voiture.

Une bourrasque fait voler mes cheveux dans tous les sens tandis qu'Hector et Tony me prennent chacun par un bras.

— C'est pour ça qu'on appelle Chicago la ville des vents. Ne t'en fais pas, dans une demi-heure, le temps va changer.

Je regarde Tony d'un air dubitatif.

— Je ne plaisante pas, insiste-t-il. J'ai habité ici toute ma vie et je n'ai jamais connu une journée où la météo est restée la même du matin jusqu'au soir.

— Tu devrais venir en Californie. La météo est parfaite tous les jours, je réponds en souriant.

— Il y a de la place près de la rambarde, là-bas, dit Hector.

Des centaines de gens sont agglutinés à une rambarde en fer donnant sur l'eau.

— On est où ? je demande en regardant les vagues s'écraser sur les berges bétonnées.

— On est sur la rivière Chicago, dit Tony d'une voix pleine de fierté.

Je regarde Hector, qui lève les yeux au ciel.

— Ne me regarde pas comme ça, dit-il, c'est le truc de Tony, ça. Moi, je viens de San Diego.

— Je ne savais pas que tu venais de Californie ! je dis en lui donnant un petit coup d'épaule.

— Ouais, j'ai été à la fac à Columbia et c'est là que j'ai rencontré Tony. Et je suis venu vivre ici avec lui.

— Columbia ? Waouh.

Je savais que ces mecs étaient intelligents, mais pas qu'ils avaient été en Ivy League[1]. En même temps, moi je n'ai pas terminé la fac et je

1. Groupement des huit universités les plus anciennes et prestigieuses des États-Unis.

gagne cent mille dollars par mois. Pas trop mal pour une serveuse de casino, non ?

Tony lâche mon bras pour se mettre entre Hector et moi et il nous prend par les épaules.

— Ça va commencer. Mia, regarde le bateau ! s'exclame-t-il, tout excité.

C'est la première fois en une semaine que je vois Tony aussi enthousiaste. Son magnifique sourire m'a manqué. Il nous serre fort contre lui, puis il regarde par-dessus son épaule et balaie la foule des yeux.

— Allez, soyons fous !

Il se tourne vers moi et m'embrasse brièvement sur les lèvres, comme un frère embrasserait sa sœur. Puis il se tourne vers Hector et l'embrasse langoureusement, pendant un long moment – ça dure si longtemps que le temps qu'ils finissent, je suis toute rouge.

— Joyeuse Saint-Patrick, Papi, dit Tony avant de lui faire un smack sur les lèvres.

Hector sourit d'un air choqué, émerveillé et amoureux.

Un bateau passe devant nous à toute vitesse, déversant un liquide vert fluo dans l'eau.

— À quoi il joue, lui, à polluer l'eau comme ça ? je m'exclame, horrifiée.

Tony secoue la tête.

— Ils teignent l'eau en vert ! répond-il en sautillant sur place. C'est la tradition, ça fait cinquante ans qu'ils font ça. Tous les ans, ils teignent la rivière Chicago en vert pour la Saint-Patrick, ça met des jours à partir. Ce n'est pas toxique, ne t'en fais pas. Ils utilisent une teinture végétale qui ne fait pas de mal aux poissons et qui ne pollue pas l'eau. C'est même sponsorisé par le syndicat des plombiers.

Je dois admettre que c'est sacrément cool. Je n'ai jamais vu une chose pareille, une ville qui teint sa rivière en vert pour une fête qui n'est même pas nationale ? Je secoue la tête, émerveillée.

— C'est quoi la Saint-Patrick, en fait ? je demande.

— Elle marque l'arrivée du christianisme en Irlande, explique Tony en nous serrant contre lui. Pour fêter ça, tous les 17 mars, l'Église catholique autorise la consommation d'alcool.

Je réfléchis un moment à ce qu'il dit.

— Tu es irlandais ? je demande à Hector, qui secoue la tête.

Je regarde ensuite Tony, qui sourit.

— Non plus, répond-il.

— Alors, pourquoi vous fêtez ça ?

Je ne comprends absolument pas l'importance de cette journée.

— Je suis catholique, Mia. Tout ce qui est lié à ma religion est important pour moi, dit-il.

Je l'observe un moment en silence. Ses lèvres tremblent et il serre mon biceps comme s'il se retenait de rire.

— Tu aimes juste faire la fête, avoue-le ! je m'exclame en enfonçant mon index dans ses côtes.

— Aïe ! crie-t-il en riant. Allez viens, Mia, notre pub nous attend.

J'écarquille les yeux tandis qu'une bourrasque projette mes cheveux dans le visage d'Hector.

— Désolée !

Il me lance un clin d'œil et nous poursuivons notre chemin.

— Comment ça, votre pub ? Vous êtes propriétaires d'un pub, aussi ?

— Mais non… Tu prends toujours les choses au premier degré ?

— Non, mais je n'ai pas l'habitude de traîner avec des gens riches. Je me dis que tout est possible avec votre fortune.

— Allez, il est temps de rencontrer un gentil Irlandais qui s'appelle Jameson.

— Tu sais, je le connais bien, ce Jameson. Je suis ravie de le revoir, je réponds en souriant.

— Ah, c'est de ça que je parle ! s'exclame Tony en nous ramenant à la voiture.

*

Les mecs m'emmènent au *Declan's Irish Pub*. La porte est en bois massif, peinte en rouge et noir, avec le nom du bar en doré. Il y fait sombre et nous nous frayons un chemin jusqu'au bar dans le brouhaha de la foule. Trois tabourets libres semblent nous attendre et, sur le bar, trois verres à shot sont retournés sur une serviette en papier marquée « réservé ». Tony recule un tabouret, et je m'assieds.

— Vous réservez vos tabourets dans un bar ? je m'exclame en secouant la tête.

— Tous les ans, *chica*, répond Hector.

— Je connais le patron, explique Tony.

— Tu penses le connaître, espèce de Rital ! dit le barman en lui tendant la main.

Tony se penche par-dessus le bar pour prendre l'homme roux dans ses bras.

— Declan, comment tu vas ?

— Les affaires vont bien, dit-il en désignant le bar bondé.

— C'est la Saint-Patrick, espèce d'abruti. Bien sûr qu'il y a du monde, ricane Tony.

— C'est qui, la jolie brune ? Elle n'est pas avec toi, ça c'est sûr, dit Declan en regardant Hector de ses beaux yeux verts.

Hector tend la main et serre celle du barman.

— Je te présente Mia. On lui fait visiter Chicago, explique Tony.

— Et, bien sûr, tu l'emmènes dans mon pub, parce qu'on y sert le meilleur whisky de la ville.

— Exactement, répond Tony.

— Mia, je suis enchanté de faire ta connaissance. Je m'appelle Dec, ou Declan.

Il me tend la main et je lui donne la mienne, mais au lieu de la serrer, il la porte à ses lèvres pour embrasser mes phalanges. Une petite vague d'excitation parcourt d'abord mon bras puis tout mon corps quand il plonge son regard dans le mien en jouant des sourcils.

Tony dégage ma main de celle de Declan.

— Arrête ça, abruti. Ils sont où nos verres, et nos menus ?

Dec éclate de rire, jette son torchon sur son épaule et nous tend trois menus. Il nous sert ensuite un shot de Jameson chacun, ainsi qu'un pour lui-même. Nous levons tous nos verres pour trinquer tandis que Declan s'exclame « Cul sec ! ».

Mon téléphone sonne dans ma poche au moment où je repose mon shot vide.

De : Wes Channing
À : Mia Saunders
Joyeuse Saint-Patrick. Tu sais ce qu'on dit à propos des filles aux yeux verts ?

Hector hausse les sourcils en me voyant sourire jusqu'aux oreilles. Je rapproche le téléphone de ma poitrine et je relis le message, ce qui n'empêche pas Hector de lire par-dessus mon épaule. Je laisse tomber et je baisse mon téléphone pour qu'il puisse lire tandis que j'écris ma réponse.

De : Mia Saunders
À : Wes Channing
Non, qu'est-ce qu'on dit ?

Il répond immédiatement.

De : Wes Channing
À : Mia Saunders
Où es-tu ?

De : Mia Saunders
À : Wes Channing
Dans un pub irlandais en ville. Chez Declan's. *Tu ne vas pas me dire ce qu'on dit à propos des filles aux yeux verts ?*

De : Wes Channing
À : Mia Saunders
Elles manigancent toujours quelque chose. C'est ton cas ?

De : Mia Saunders
À : Wes Channing
Eh bien oui ! Je picole ! Joyeuse Saint-Patrick !

J'attends quelques minutes, mais il ne répond pas. C'est bizarre, il a dû être interrompu. Hector et moi nous regardons, il hausse les épaules, puis il fait signe à Declan de remplir nos verres, et le barman s'exécute.

— Tu veux une bière aussi ? demande-t-il.

— Avec plaisir !

Je bois mon shot cul sec. J'ai la gorge en feu, ce qui ne m'aide pas à y voir plus clair quant au mystérieux message de Wes. Je pense beaucoup trop à lui, c'est idiot, et je ne suis pas une idiote.

— Et plus de shots ! je m'exclame.

Durant l'heure qui suit, Hector et Tony se mettent à me parler de leur jeunesse, ils m'expliquent qu'ils ont rencontré Declan à Columbia et qu'ils se sont tous retrouvés à Chicago. Depuis, ils ne se sont plus jamais perdus de vue, ce qui explique pourquoi Declan ne cesse de faire des sous-entendus au sujet de leur relation. Il doit être un des seuls à en connaître la véritable nature. Je découvre également qu'il est un des mecs qui a traversé le terrain de foot à poil.

Je ris tellement en écoutant leurs histoires que je manque me faire pipi dessus, et je me lève promptement du tabouret.

— Où tu vas ? demande Tony en me prenant le bras.

— Aux toilettes, je dis en gigotant.

— Non, ne fais pas ça, répond-il en grimaçant. Si tu y vas maintenant, tu vas être obligée d'y aller toutes les vingt minutes.

— Je n'y peux rien ! Et puis, mêle-toi de tes affaires ! je dis en lui frappant le bras.

— Petite joueuse ! répond-il en souriant et en se frottant le biceps.

Je sais que je l'ai frappé un peu fort et j'espère qu'il aura un bleu demain, mais j'en doute. Il est tellement musclé qu'il n'a sans doute rien senti.

Je fais ce que j'ai à faire et je me lave les mains. Je penche la tête en avant, j'ébouriffe un peu mes cheveux pour leur donner du volume et je me redresse brusquement. Je suis obligée de m'accrocher au lavabo pour ne pas tomber, il est vraiment temps de manger quelque chose. Le whisky commence à faire son effet et si je ne me remplis pas le ventre avec quelque chose de solide, je vais bientôt finir par terre.

Petite joueuse. Ce n'est pas de ma faute si je fais la moitié de la taille de ce géant et que je ne peux pas boire une bouteille de whisky sans rien sentir. Tony devrait être content, je ne vais pas lui coûter grand-chose.

J'ouvre la porte des toilettes et me faufile à travers la foule. Il y a beaucoup plus de monde que lorsque nous sommes arrivés. Je me déhanche discrètement en rythme avec la musique irlandaise lorsque je me cogne contre un torse dur.

— Aïe, je dis en me frottant le nez et en levant la tête.

Même avec les spots de toutes les couleurs, je ne peux pas manquer son regard vert. Je retiens mon souffle, estomaquée qu'il soit là, devant moi.

— Tu ne dis rien, ma chérie ? dit-il en enlevant ses cheveux blonds de son front.

— Je n'arrive pas à croire que tu sois là…

Ses yeux verts me balaient de la tête aux pieds.

— Bon sang, tu es spectaculairement belle. Viens ici, grogne-t-il.

Soudain, me voilà avec lui, dans les bras de mon Wes. Ses lèvres sont chaudes et sa bouche a un parfum de menthe et d'océan. Mon Dieu, l'océan me manque, la brise salée… lui. Il tient ma tête d'une main tandis que l'autre m'attire contre lui. Nos corps sont collés l'un à l'autre et il n'existe plus que nous, plus que notre attirance mutuelle. Ma langue effleure sa lèvre et il ouvre la bouche.

Je suis au paradis. Nous sommes bousculés par la foule qui essaie de nous contourner et j'entends plusieurs « excusez-moi », mais nous ne nous arrêtons pas. C'est impossible. Le lien qui nous unit nous empêche d'arrêter. Il m'embrasse comme dans les films, lorsqu'un homme revient de guerre et qu'il revoit enfin la femme qu'il aime, comme si j'étais tout pour lui. Ce qui est certain, c'est qu'en cet instant, Wes est tout pour moi.

— Bon sang mais lâche-la ! aboie la voix de Tony quelques secondes avant que je sois arrachée des bras de Wes.

— Non, Tony, non ! dit Hector en s'interposant derrière moi, entre Wes et Tony.

— Tu te prends pour qui ? demande Wes en faisant un pas vers Tony, écrasant Hector et moi qui sommes au milieu.

— Non, Wes, non ! C'est Tony ! je m'exclame en me collant à Wes pour essayer de le retenir.

— Ouais, eh ben, il va falloir qu'il te lâche sinon il va avoir de sérieux ennuis, grogne Wes en fusillant Tony du regard.

— Ah ouais ? rétorque Tony en avançant, nous écrasant davantage.

— Les mecs, arrêtez ! Wes, Tony est mon client. Tony, c'est mon euh… Wes ! je m'écrie d'une voix désespérée pour être entendue par-dessus la musique.

Tony fronce les sourcils et Hector le pousse en arrière.

— Bébé, c'est son mec. Tu sais, celui dont je t'ai parlé, le surfeur qui fait des films.

Je ferme les yeux et je tends les bras pour empêcher Wes de se jeter sur lui.

— Ton mec ? Ton surfeur qui fait des films ? ricane Wes en me serrant contre lui. C'est comme ça que tu m'appelles ? chuchote-t-il dans mon oreille, me faisant frissonner de la tête aux pieds.

Je me sens désormais entièrement sous l'emprise du whisky, qui semble annihiler toutes mes barrières, ce qui explique ma réponse.

— Tu aurais préféré que je t'appelle mon dieu du sexe ?

Et je passe mon bras autour de son cou en me collant contre lui.

— Bien sûr, dit-il en frottant son front contre le mien. D'ailleurs, tu n'auras qu'à dire ça à tous tes clients et à tous tes rencards, dorénavant.

— Ha ! Ça te plairait, hein ? je ricane un peu bêtement.

— Énormément. Est-ce que tu peux me présenter à tes amis, maintenant, histoire que le grand ne me casse pas la gueule ?

— Mais oui !

Je me tourne et Wes pose ses mains sur mes hanches, sous les regards d'Hector et Tony.

Hector sourit, Tony fronce les sourcils.

— Les mecs, je vous présente mon ami Wes. Wes, voici Tony et son… euh, Hector.

— Hector est mon partenaire, admet Tony suffisamment fort pour que les gens autour de nous l'entendent.

Certes, personne ne fait attention, mais c'est néanmoins un pas énorme, et dans le bon sens, qui plus est. Entre ça et le baiser au bord de la rivière… Je regarde Hector, qui a l'air surpris, excité et amoureux. Cela dit, Hector a toujours l'air amoureux lorsqu'il regarde Tony. C'est une des raisons pour lesquelles je l'apprécie autant – il est facile à déchiffrer et il dit toujours ce qu'il pense ou ce qu'il ressent. Je ne suis pas habituée à ce genre de sincérité.

— Wes, je suis désolé, mec. Mais tu connais les hommes bourrés face à une belle femme. Ils ont parfois les mains baladeuses. Je voulais juste la protéger, dit Tony en frappant sur le dos de Wes tout en lui serrant la main.

— J'apprécie. Je suis content de savoir que quelqu'un s'occupe de ma nana, répond Wes.

Ma nana. Bon sang, je suis dans de beaux draps.

— Eh bien, maintenant que tu es là, viens boire un verre avec nous, dit Tony.

— Avec plaisir. Je vous suis, dit Wes en s'effaçant pour laisser passer Tony et Hector.

Nous nous asseyons tous au bar et Wes rapproche son tabouret du mien pour passer son bras autour de moi. Il marque clairement son territoire, ce qui pourrait me gêner, en temps normal. Cependant, le whisky qui coule dans mes veines le laisse faire sans que je dise quoi que ce soit.

— Tu restes combien de temps à Chicago ? lui demande Hector.

— Juste ce soir. J'ai un vol pour Los Angeles aux aurores, demain. J'ai profité d'être là pour retrouver Mia, j'espère que ça ne vous gêne pas ?

Je plonge mon regard dans le sien et je m'y noie. Ses lèvres brillent dans la lumière du bar et ses cheveux tombent sur son front. Quand je lève la main pour les dégager, il pose une main sur ma joue. Cela fera bientôt deux mois que je me passe de ce genre d'affection, et j'ai l'impression de revivre maintenant que Wes est là. Il m'en faut plus. Beaucoup plus.

— Bien sûr que non, au contraire.

Chapitre 9

Wes me plaque contre la porte qui claque derrière moi. Nous sommes tous les quatre rentrés au penthouse, ivres, et Hector m'a regardée en levant le pouce et en traînant Tony dans leur chambre. J'ai pris ça comme l'autorisation d'avoir un homme chez eux. En même temps, je crois que rien ne m'aurait arrêtée. Le whisky ainsi que mon manque de lui sont trop forts pour que je me sente le courage de les combattre.

— Bon sang, tu m'as manqué, grogne Wes en empoignant mes seins. Ton corps m'a manqué. Déshabille-toi, tout de suite.

Sans hésiter, je soulève mon pull et le jette par terre tandis qu'il s'attaque à ma braguette. Je n'ai même pas le temps d'enlever mon jean que sa main est là, entre mes jambes, où je mouille déjà.

La langue de Wes titille mes seins avant de remonter sur ma gorge puis sur mon oreille pour la mordiller.

— J'adore les réactions de ton corps, chuchote-t-il. Elles me prouvent que, quoi que tu puisses me dire, tu me veux.

Il plonge un doigt entre mes lèvres, puis un deuxième. C'est tellement bon. Je penche la tête en arrière contre le mur.

— Je n'ai jamais dit le contraire, je murmure d'une voix haletante.

— Mais tu essaies de t'en persuader, répond-il.

Il enfonce ses doigts et forme un crochet, touchant mon point le plus sensible, tandis que son pouce dessine des cercles sur mon clitoris. Il a raison. J'essaie toujours de nier l'effet qu'il a sur moi, mais j'y suis obligée si je veux garder une distance entre nous. Or maintenant, en cet instant, je suis toute à lui.

— J'ai besoin de te sentir, je chuchote alors que le plaisir s'accumule dans mon bas-ventre.

— Tu as été avec quelqu'un d'autre depuis que tu m'as quitté ?

— Wes, je gronde.

Ce n'est absolument pas une conversation que je souhaite avoir alors que ses doigts sont enfoncés dans ma chatte et que je mouille sur sa main.

Il m'embrasse, plongeant sa langue en moi avant de reculer.

— Est-ce que tu as été avec quelqu'un sans préservatif ?

— Seulement toi, je réponds sincèrement.

Alec et moi avons toujours mis une capote, ce qui n'était pas le cas avec Wes – mais je lui fais confiance. Il plonge son regard en moi, cherchant la vérité, puis il retire sa main et baisse mon jean et ma culotte. Je les dégage avec mes pieds tout en déboutonnant son pantalon, qu'il baisse juste assez pour libérer sa verge épaisse. Bon sang, qu'est-ce qu'elle m'a manqué !

En un mouvement rapide, Wes empoigne mes fesses et je passe mes jambes autour de sa taille.

— Accroche-toi à mes épaules, ma chérie.

Je lui obéis et il me fait remonter le long du mur, brûlant ma peau. Cependant, la douleur ne fait qu'ajouter du plaisir à sa virulence. Wes place son gland entre mes lèvres, et une de ses mains tient mon épaule tandis que l'autre agrippe ma hanche. Il me serre plus fort, puis, sans prévenir, il m'abaisse sur lui.

— Mon Dieu ! je m'exclame.

Je suis entièrement remplie par son énorme sexe et le plaisir est presque insoutenable.

— Chhuut, ma chérie, ils vont t'entendre.

Il me rappelle où nous sommes – que je suis chez Tony et Hector et que je suis en train de baiser mon premier client alors que je travaille pour mon troisième. Je suis sûre que c'est tordu, psychologiquement parlant, mais je m'en fiche. La sensation que me procure Wes est trop bonne – il m'a beaucoup trop manqué.

Il se retire avant de s'enfoncer de nouveau en moi. Sa bouche s'empare de la mienne et je suce sa langue, dévorant sa bouche comme si j'étais affamée.

— Tu te souviens de ça, dit-il en se retirant jusqu'à son extrémité avant d'avancer de nouveau le bassin.

Je retiens mon souffle et je hoche la tête, tellement accablée de plaisir que je ne peux pas prononcer un mot.

— Je ne te laisserai pas oublier combien c'est bon, dit-il en dessinant un cercle avec ses hanches. Quand je serai parti, je veux que tu continues à me sentir.

Il saisit ma taille pour amplifier ses allers-retours. Je me mords la lèvre quand une décharge électrique embrase le sang dans mes veines, électrifiant chacun de mes pores. Un dernier coup de bassin et je vais jouir, je le sens.

— Ne m'oublie pas, dit-il en serrant les dents.

C'est ce qu'il m'a dit la dernière fois que nous avons fait l'amour. Cette fois-ci, ses paroles sont mêlées à la douleur et au plaisir. Il se retire, me fait remonter contre le mur et passe ses deux bras autour de moi. Je resserre mes cuisses autour de sa taille en plantant mes talons dans son dos.

Il plonge violemment en moi et mon orgasme explose, répandant des décharges de plaisir dans tout mon corps. Il s'empare de nouveau de ma bouche, ne la lâchant plus tandis qu'il tremble en moi, déversant son essence dans mon sexe qui pulse.

Sa bouche m'empêche de crier et je mords sa lèvre alors que les derniers signes de notre orgasme s'effacent lentement. Nos peaux sont trempées de sueur. Nous respirons le même air, pantelants, dans le visage de l'autre, front contre front, renouant le lien qui a toujours existé entre nous.

— Tu vas m'oublier ? demande-t-il d'un ton doux et inquiet.

— Jamais, je te promets.

— Allez, à la douche, je suis loin d'en avoir fini avec toi.

Il me tient contre lui et me porte jusqu'à la salle de bains, de l'autre côté de la pièce.

— Heureusement, parce que j'ai encore envie de toi, je déclare en l'embrassant partout sur le visage, léchant la sueur de son cou, profitant de celui dont je n'ai jamais oublié le goût.

Il me pose sur le meuble, et lorsqu'il se retire, quelques gouttes de sperme tombent sur le carrelage entre mes cuisses.

— Ça, j'y repenserai plus tard, dit-il en les regardant couler et en souriant d'un air enfantin.

— À la douche, espèce de pervers, je réponds en lui frappant l'épaule.

J'attrape un gant de toilette pour m'essuyer entre les jambes, puis un autre pour nettoyer le meuble, et je jette les deux dans le panier à linge sale.

Wes est nu à côté de sa pile de vêtements, et son corps de surfeur bronzé n'a jamais été aussi beau. Je marche jusqu'à lui et je pose mes mains sur ses pectoraux carrés, puis j'appuie mon front sur son torse et je l'embrasse. Il est chaud, familier, et il me rappelle tout ce qui me manque et que je rêve d'avoir, mais qui m'est hors de portée pour l'instant. Des larmes se forment dans mes yeux tandis que j'embrasse la peau sur son cœur.

Il pose sa main sur ma joue et essuie mes larmes.

— Je sais. Moi aussi, chuchote-t-il. Profitons du peu de temps que nous avons ensemble, d'accord ?

Je hoche la tête et je le suis sous la douche, où il entreprend de me laver les cheveux sans se presser.

— Ils ont beaucoup poussé, dit-il.

— Ouais, ils poussent vite.

— Ils sont tellement beaux, dit-il en regardant la mousse couler sur mes cheveux.

Je finis de me rincer la tête tandis qu'il verse du gel douche dans sa main. À Malibu, il ne se servait jamais d'un gant ou d'une fleur de douche lorsqu'on se douchait ensemble.

— Tu aimes utiliser tes mains, hein ? je dis en jouant des sourcils.

— Tu sais bien.

Il pose ses mains sur mes épaules et se met à les masser. C'est divin. Il palpe mes muscles tendus avant de descendre sur mes seins, puis il me tourne et plaque mon dos contre son torse. Il pince mes tétons, les faisant durcir jusqu'à ce que mes seins soient lourds de désir.

Je gémis en m'appuyant contre lui et en fermant les yeux.

— J'adore tes seins. Ils sont gros, pleins et parfaits pour mes mains.

La vapeur chaude nous enveloppe, amplifiant l'impression que tout ceci n'est qu'un rêve. Il joue avec mes seins jusqu'à ce que je sois haletante, gémissante, reculant mon bassin, cherchant une friction.

— Dis-moi ce que tu veux, dit-il en léchant mon cou.

— Je veux sentir ton sexe en moi. S'il te plaît.

— Penche-toi en avant, ma chérie. Les mains contre le mur, montre-moi tes fesses.

Wes aligne ses pieds à côté des miens et m'oblige à écarter davantage les jambes. Il empoigne mes hanches et les penche pour trouver le bon angle. J'attends en retenant mon souffle, excitée à n'en plus finir à l'idée que je vais bientôt sentir de nouveau son sexe.

Wes frotte mes fesses puis il écarte mes lèvres, et son gland remplace ses doigts.

— Tu veux que je te baise, ma chérie ? Que ce soit brutal ?

— Mon Dieu, oui. Aime-moi comme tu sais faire, Wes.

— Que je t'aime ? demande-t-il en me pénétrant sur un centimètre.

J'essaie de serrer les cuisses pour l'obliger à me pénétrer davantage, mais il me retient.

— Oui, montre-moi, je supplie.

Il incline son bassin, plante ses ongles dans mes hanches et m'empale brusquement. Je plaque les paumes de mes mains sur le mur carrelé tandis que mes pieds quittent le sol – me laissant suspendue sur son sexe, comme il aime tant le faire. Il me repose par terre, je ne respire plus, je ne bouge plus. Je ne me suis jamais sentie aussi entière avec un homme. Il se retire et je suis à deux doigts de fondre en larmes à l'idée qu'il me quitte.

— Ne pars pas, je dis d'une voix étouffée.

— Je suis là.

Il pose une main sur la mienne, puis il me pénètre de nouveau.

— Sens-moi, ma chérie. Je suis là. Avec toi. En toi. Je fais partie de toi.

Un fourmillement éclate à l'endroit où s'unissent nos corps avant de se propager dans mes veines, me chatouillant de la tête aux pieds. C'est une sensation nouvelle pour moi.

— Je vais jouir.

Le plaisir s'empare de mon esprit et de mon corps, m'emportant dans un endroit paradisiaque que je ne veux plus jamais quitter.

— Oui, dit-il en faisant tourner son sexe en moi, m'arrachant un cri. Tu vas jouir avec moi. Tu vas serrer ma queue, ma douce Mia, et me prouver que je contrôle ton corps. Quand je suis avec toi, il n'y a que nous. Toi et moi, comme ça devrait être.

Il se retire et s'enfonce de nouveau en moi. Je pousse un cri strident, perdue encore une fois dans un brouillard de volupté, brûlante et électrifiée. C'est alors que je me mets à bafouiller des paroles insensées, sous l'effet de ses coups de bassin lents et réguliers.

— S'il te plaît…

— En moi…

— Brûlante…

— Maintenant…

— J'aime…

— Chaud…

— Wes…

Il passe un bras autour de ma taille et s'accroche en haut du mur carrelé, se dressant sur la pointe des pieds pour m'abaisser sur sa verge. Son érection dure comme fer s'enfonce au plus profond de mon sexe, écartelé comme jamais, touchant un point qu'aucun homme n'a atteint. Je perds la tête, secouée par mon orgasme, et mes parois se contractent et pulsent autour de lui comme si elles étaient électrocutées. Ma chatte se referme sur sa queue tandis qu'il grogne derrière moi. Il me mord l'épaule, et des éclats de douleur se joignent à mon exquise jouissance.

Wes m'arrache un orgasme après l'autre et je cesse bientôt de les compter. Tout ce que je sais, c'est que lorsqu'il finit de me baiser, l'eau est glacée et nous frissonnons tous les deux. Il me rince à l'eau froide, puis il me couvre avec une serviette tandis que je m'appuie contre lui. Je suis incapable de faire quoi que ce soit. Il m'a baisée si fort que j'en ai perdu la tête, littéralement. Mon cerveau n'envoie plus de signaux à mes membres, plus rien ne fonctionne.

Une fois qu'il m'a séchée, Wes me porte dans la chambre. Il défait le lit pour m'y déposer, puis il me borde en se blottissant derrière moi.

— Je ne veux pas te quitter demain, soupire-t-il.

Je ferme les yeux et tire son bras sur mes seins pour embrasser ses doigts.

— Il le faut, pourtant, je chuchote.

Bien évidemment, c'est plus compliqué que cela, car j'ai autant besoin qu'il parte que j'ai envie qu'il reste.

— Je sais, dit-il d'une voix à la fois ferme et triste.

— Mais le fait que tu veuilles rester compte beaucoup pour moi.

Je veux qu'il sache que sa venue est importante à mes yeux. Que tout le temps passé avec lui est spécial.

— Oh, Mia, je ne vais pas te laisser nous ôter ce qu'on a.

— Je n'en ai aucune envie, Wes. Durant les neuf prochains mois, j'espère bien que tu vas continuer de me rappeler ce lien qui existe entre nous.

Je pose sa main sous ma joue en essayant d'ancrer dans ma mémoire la sensation de son corps contre le mien.

— Je ne te laisserai jamais oublier ce qui pourrait être à toi. Ce qui t'attend.

Sur ces paroles, enveloppée dans la chaleur de ses bras, je glisse dans un sommeil profond et paisible.

*

Les rayons du soleil s'engouffrent dans la chambre et me frappent directement dans les yeux, m'arrachant à un rêve merveilleux dans lequel Wes et moi surfons à Malibu. Bien évidemment, dans mon rêve, je surfe comme une pro, alors qu'en réalité, je tiens tout juste debout. Il faut vraiment que je retourne à l'océan pour m'entraîner si je veux un jour surfer comme la Mia de mes rêves.

Je glisse lentement un pied derrière moi, mais je ne rencontre que le froid du drap.

Je m'assieds brusquement dans le lit et je regarde à ma droite. Il est parti. Il n'y a plus que la marque de sa tête sur l'oreiller, ainsi qu'un bout de papier.

Mia,

Hier soir était un moment exceptionnel et précieux. Lorsque je suis avec toi, j'ai l'impression d'atteindre la crête parfaite et de glisser sur l'océan, sur une vague infinie. C'est exaltant et terrifiant, et rien n'est jamais plus comme avant.

Tu m'as transformé, Mia. Je ne suis plus persuadé que la femme parfaite n'existe pas, car je l'ai rencontrée, je lui ai fait l'amour et je l'ai vénérée de la seule manière que je connaisse.

Comme tu ne m'as pas laissé d'autre choix, je resterai ton ami et je continuerai de te rappeler ce que nous pourrions vivre ensemble. Plus que neuf mois. Jusqu'à nos prochaines retrouvailles, je penserai à toi, et je t'appellerai bientôt pour prendre de tes nouvelles.

Quand tu seras prête, tu sais où me trouver. Tu as la clé.

Ne m'oublie pas.

Ton surfeur qui fait des films,

Wes

Je serre la lettre contre ma poitrine et je fonds en larmes, pleurant pour Wes, pour moi, pour ce que nous pourrions vivre ensemble et que j'espère connaître un jour, si une autre femme ne se saisit pas de lui entre-temps. Cependant, je dois le laisser vivre pendant mon absence. Savoir que Wes tient à moi et qu'il ne veut pas que je l'oublie, qu'il espère que je le retrouverai un jour, m'aidera à supporter les neuf prochains mois. Néanmoins, je souhaite vivre ma vie, tout comme je l'ai encouragé à vivre la sienne. Je ne peux pas laisser mes sentiments pour lui affecter ce que je fais ni les expériences que je me suis promis de vivre.

Je ne sais pas ce que la vie va m'apporter durant les neuf mois à venir. Même si je rêve de tout plaquer et de courir à lui en le laissant rembourser la dette de mon père, je sais que je dois le faire toute seule. Cette année va déterminer ce que je veux faire du reste de ma vie. Peut-être Wes en fera-t-il partie, peut-être pas. Peut-être retournerai-je en Californie, peut-être irai-je à Tombouctou. Peu importe que mon cœur me crie d'aller à lui, j'ai pris ma décision.

Cependant, je n'oublierai pas Wes, le temps que nous avons passé ensemble, notre amitié et le lien intense qui nous unit lorsque nous sommes ensemble. Alec m'a appris cette leçon et, comme j'aime Alec, j'aime Wes, à ma façon. Si c'est dans les cartes, peut-être notre amour durera-t-il à jamais.

Mais pas aujourd'hui.

Chapitre 10

C'est ce soir que nous célébrons l'expansion de *Fasano's* au rayon surgelés. Tout le monde est réuni au restaurant pour fêter ça, des chefs célèbres, les médias, les distributeurs, des investisseurs potentiels, en plus de tout le clan Fasano et des clients réguliers. Apparemment, plusieurs maisons d'édition et de production veulent proposer à Tony de faire une émission de télé et à Mona d'écrire un livre de recettes. C'est à la fois excitant et effrayant, car c'est ce soir que mes fiançailles avec Tony sont censées être annoncées. Je l'ai prévenu que les médias allaient s'éclater à raconter que j'ai été vue avec deux autres célébrités durant ces deux derniers mois, mais il m'a promis que tout allait bien se passer et que tout était sous contrôle. Traduction dans ma tête : tout ne se passera pas bien, ça va être la cata et je vais me retrouver coincée au milieu, encore une fois.

Angelina m'a dit que le restaurant avait été vidé pour offrir plus de place. Toutes les tables ont été stockées dans l'entrepôt accolé au restaurant afin d'être remplacées par des tables de bar plus hautes. La pancarte indique que le restaurant est fermé au public, mais qu'il sera de nouveau ouvert demain. Quoi qu'il se passe ce soir, c'est ma dernière soirée avec les garçons et j'ai l'intention d'en profiter. J'espère seulement que ce sera possible.

Nous avons passé une super-soirée pour la Saint-Patrick et, bien évidemment, le lendemain, ils ont tout voulu savoir à propos de Wes. Depuis, les relations sont de nouveau tendues. Tony s'est comporté de manière très bizarre toute la semaine. Chaque fois que j'entrais dans une pièce, il devenait agité et oubliait ce qu'il était en train de dire. Il a également passé énormément de temps au bureau, nous délaissant, Hector et moi. Pour être honnête, il se comporte comme quelqu'un qui cache un énorme secret.

C'est ce secret qui fait le plus peur à Hector. Il m'a dit que, durant toutes ces années ensemble, ils ne se sont jamais rien caché. Angie l'a rassuré en lui disant que tout allait bien au travail mais que Tony était simplement plus impliqué qu'avant. Elle lui a confirmé qu'il arrivait au bureau plus tôt et qu'il partait plus tard que d'habitude. Il ne trompe donc pas Hector, c'est juste qu'il semble préoccupé par le lancement de la gamme de surgelés. En même temps, son nom va se retrouver dans tous les supermarchés du pays – je suppose que ce doit être stressant.

Hector a accepté de laisser plus d'espace à Tony et a passé la semaine avec moi. Le soir, lorsqu'il rentrait du travail, nous allions au cinéma, nous jouions aux cartes ou alors nous buvions trop de vin. Hector et moi sommes vite devenus amis et je suis déterminée à ne jamais le perdre de vue. C'est quelqu'un sur qui je peux compter, comme Gin, Maddy, Alec et Wes. Mon cercle d'amis s'agrandit, et j'en suis ravie. Bien sûr, il en va de même de Tony et Angelina. Tony a beau avoir beaucoup travaillé depuis mon arrivée, nous avons passé de bons moments ensemble et je l'apprécie. C'est un homme qui en a gros sur le cœur, tant sur un plan professionnel que personnel. J'admire sa détermination et son besoin de rendre tout le monde heureux. Enfin, tout le monde sauf lui-même et la personne qui compte le plus à ses yeux, Hector.

Or, Hector est toujours là pour lui.

— C'est ce qu'on fait quand on aime quelqu'un, m'a-t-il dit. On fait passer les besoins de l'autre avant les siens, et un jour, ce sera l'inverse.

Il n'y a jamais de manque d'amour, de compassion ou de confiance entre eux, même lorsqu'ils sont aussi tendus qu'ils l'ont été cette semaine. C'est simplement qu'ils sont coincés dans une situation étrange et qu'ils font de leur mieux pour s'en sortir et retrouver leur équilibre. J'espère sincèrement qu'ils y parviendront.

Je suis en train de faire ma valise lorsque mon téléphone sonne.

— Allô ?

— Bonjour, ma poupée. Tu es prête à quitter la ville des vents ? dit la voix mielleuse de Tante Millie.

— Pas vraiment non, c'est cool ici. Tony et Hector sont des mecs super.

— Tony et… quoi ? Qui est Hector ?

— C'est le partenaire de Tony.

— Anthony Fasano est gay ? Le grand boxeur gaulé comme un dieu ?

— Lui-même, je dis en souriant et en secouant la tête.

Ma tante Millie est un peu la fée marraine des beaux gosses.

— C'était trop beau pour être vrai, dit-elle. J'ai su tout de suite, en voyant son profil, que quelque chose n'allait pas. Alors, tu n'auras pas de bonus cette fois-ci, n'est-ce pas ?

J'éclate de rire.

— Tu penses toujours autant à l'argent ?

— L'argent est roi, ma poupée. Tu devrais le savoir mieux que quiconque, vu ce que tu fais. En parlant de cash, je viens de t'envoyer par mail le profil de ton prochain client. Tu vas adorer, c'est tout à fait ton truc.

— Ah ouais ? Pourquoi ?

— Eh bien, déjà tu vas te rendre à Boston, dans le Massachusetts.

Je n'y suis jamais allée – tout ce que je sais, c'est que c'est la ville de la meilleure équipe de base-ball de tout l'univers.

— Qu'y a-t-il à Boston et pourquoi je vais adorer ?

— Des garçons, du base-ball et de la bière, répond-elle en riant.

— Mes trois choses préférées ! je m'exclame en souriant.

C’est vrai que j’adore le base-ball, une des seules choses que papa et moi faisions ensemble quand j’étais petite. Même quand il était ivre mort, il regardait toujours les matchs à la télé. Notre équipe préférée, c’était les Red Sox. Au départ, je les aimais surtout parce que leur logo représente des chaussettes et que je trouvais ça génial, mais maintenant c’est surtout parce que mon père les adore et que ça nous rapproche. À dix ans, quand ma mère est partie, je faisais tout pour trouver une connexion avec le seul parent que j’avais. Même Maddy adorait ça. Elle sera ravie que j’aille à Boston.

— Ouaip, et ce n’est pas fini ! dit ma tante.

— Ah bon ?

— Tu es assise ?

Je m’empresse de m’asseoir au bord du lit.

— Maintenant, oui.

— Tu vas être l’escort de la toute nouvelle recrue des Boston Red Sox : Mason Murphy.

— Non, tu es sérieuse ? J’ai entendu parler de lui, il détient le record annuel du plus grand nombre de frappes !

Millie glousse au bout du fil.

— Et puis, il est sacrément beau, ajoute-t-elle. Il a ton âge, il est irlandais et il est gaulé comme un demi-dieu.

Je repense au dernier match que j'ai regardé et je dois avouer que je suis d'accord avec Millie. Je me souviens même d'avoir rembobiné le match pour revoir le gros plan sur ses fesses dans ce petit pantalon blanc moulant.

— C'est complètement dingue ! Mais pourquoi a-t-il besoin d'une escort ?

— Apparemment, le fait d'avoir une femme à son bras lui donne l'air d'être plus engagé auprès de l'équipe et ça aide à son image. Son agent pense qu'avoir une copine pour le début de la saison lui enlèvera la pression et montrera aux publicitaires que c'est un type fidèle.

— Ok, si tu le dis. Quoi qu'il en soit, je suis ravie. Ça va être génial ! Envoie-moi les détails du vol et tout le reste. Il faudrait que j'arrive plus tôt, il me faut des rendez-vous chez l'esthéticienne, et tout le reste.

— Je vais te réserver un hôtel pour les trois jours où tu seras à Boston avant de retrouver monsieur Murphy. Je vais t'en trouver un avec un institut de beauté et un spa. Tu mérites de te reposer un peu pour mieux te concentrer sur ta mission.

— Ha ha, très drôle. Ça a l'air top, merci Tante Millie.

— Tout pour ma poupée. À bientôt, ma belle.

— Ciao.

*

— Tu es canon, Mia, dit Tony en me prenant dans ses bras lorsque Hector et moi arrivons.

Je sens Hector se raidir nerveusement à mes côtés.

— Merci. Tu nous as manqué, aujourd'hui, je dis sincèrement.

Tony se lèche les lèvres et inspecte Hector de la tête aux pieds, le regard électrique et plein de désir pour l'homme qu'il aime. Hector baisse la tête en souriant jusqu'aux oreilles.

— Hector, chuchote Tony. Tu es parfait, Papi.

— Tu es tellement beau que j'en ai mal aux yeux, répond Hector en le prenant dans ses bras pour un câlin viril.

Ils se tiennent trop longtemps pour des amis, mais pas assez pour attirer l'attention des gens dans le restaurant. Mona Fasano nous repère depuis l'autre côté de la pièce et vient vers nous, cependant son langage corporel n'est pas le même. Elle est froide, comme la première fois que je l'ai rencontrée. Elle me prend dans ses bras, mais ce n'est pas sincère. Elle en fait de même avec Hector, qui fronce les sourcils en me regardant par-dessus son épaule. Je lui réponds avec les yeux que je ne comprends pas non plus. En fin de compte, je ne sais jamais vraiment ce que pense Mona Fasano. Pour moi, elle reste un mystère.

— Mon fils, tu as des gens à séduire. J'ai décidé qu'on devrait faire le livre de recettes, finalement. Allons discuter avec les éditeurs.

Tony rit, et Hector et moi nous détendons. Il a été affreusement tendu toute la semaine, c'est la première fois qu'il semble un peu lui-même. Il a l'air mieux dans sa peau.

— D'accord, Mamma. J'arrive dans une seconde.

Mona me regarde de nouveau, puis elle regarde Hector et soupire en secouant la tête. Elle repart en marmonnant quelque chose dans sa barbe.

— Qu'est-ce qui lui arrive ? je demande.

— Elle n'est pas contente.

— Ça, je l'avais deviné. Tu peux nous expliquer pourquoi ?

— Pas vraiment non. Vous saurez tout bientôt. Et si vous alliez vous chercher un verre ? Je vous ai réservé des places à l'avant. Je veux que vous soyez là pour le discours d'ouverture, d'accord ? Promettez-moi que vous serez devant, avec ma famille.

Hector se rapproche de lui pour lui parler tout bas.

— Bébé, tout ce que tu voudras. Tu le sais. Je suis là pour toi.

— Pour toujours ? demande Tony sur un ton étrange.

Il commence vraiment à m'inquiéter, même si, en vérité, il semble plus à l'aise que jamais. Est-ce parce qu'il va annoncer son mariage au public ? Est-ce parce que son entreprise grandit ? Est-ce que ce sont les émissions de télé et les livres de recettes ? À mes yeux, c'est plus de travail et de stress – pas moins –, or Tony se comporte comme si tout était merveilleux pendant que sa mère est plus ronchonne que jamais.

— Toujours, tu le sais bien, promet Hector. On sera devant. Allez, va charmer tout le monde. Et, tu sais… je suis super-fier de toi.

Tony tend le bras et caresse la main d'Hector. Quelques personnes aperçoivent le geste, mais il s'éloigne avant que je ne puisse le prévenir.

— Tony se comporte bizarrement, non ? je demande à Hector.

— Ouais, il se trame quelque chose, c'est clair, mais il ne m'a rien dit. En même temps, ce n'est pas surprenant. Tony fait toujours ça : il réfléchit d'abord seul à ses problèmes avant de m'en parler. Quoi qu'il se passe, il semble aller plutôt bien. Il a dû prendre une décision à propos de la boîte qui lui plaît, il a l'air d'être de nouveau lui-même.

— Te toucher en public, c'est être lui-même ? Et sa mère qui nous fusille du regard ?

— Ouais, ça, ce n'est pas normal, je sais. Mais on ne peut pas y faire grand-chose. Allons nous chercher à boire et trouver Angie, elle pourra peut-être nous aider.

Nous passons la demi-heure qui suit à boire du champagne et à discuter avec la famille de Tony. Je dois avouer que, globalement, je m'amuse bien. Soudain, une grosse voix retentit dans les haut-parleurs.

— Est-ce que tout le monde pourrait se rapprocher de la scène, s'il vous plaît ?

— Ah, c'est le moment ! dit Hector en m'emmenant aux côtés de la famille Fasano.

Tony est debout sur la scène, vêtu d'un costume trois-pièces gris clair, magnifique, comme d'habitude. La foule se tait et tout le monde s'attroupe devant lui.

— Je veux commencer par vous remercier d'être venus. L'expansion de l'entreprise *Fasano's* dans le surgelé était un des rêves de mon père, Joseph Fasano. Il a dirigé cette entreprise avec équité, fierté et fidélité et, avec ma mère et mes sœurs, nous souhaitons poursuivre cet héritage en nous assurant que nos produits soient de bonne qualité et abordables pour tous les budgets. C'est quelque chose qui nous a toujours tenu à cœur.

La foule applaudit et quelques personnes sifflent.

— Merci. Notre marque envisage désormais quelques aventures supplémentaires. Premièrement, les recettes de Mamma Fasano.

Un rugissement d'applaudissements retentit.

— Deuxièmement, vous découvrirez bientôt une émission de télévision sur une chaîne du câble, ajoute-t-il. Vous y verrez ma mère, mes sœurs et l'amour de ma vie.

Les sifflements étouffent les petits cris de surprise d'Hector et moi. De quoi parle-t-il ? Comment ça, l'amour de sa vie ? Il est hors de question que je reste avec lui pour l'aider à berner les spectateurs de tout le pays !

— Nous voilà donc arrivés à mon annonce la plus importante. J'ai parlé des nouvelles professionnelles, passons maintenant aux informations personnelles. Je tiens à présenter au public la personne que j'aime le plus au monde. La personne qui a été à mes côtés durant tous les défis que la vie m'a présentés, et qui ne m'a jamais tourné le dos. Mon partenaire, l'amour de ma vie, mon fiancé… s'il veut bien de moi, bien sûr.

Mon fiancé ? Jésus Marie Joseph.

À mes côtés, Hector ouvre grand ses yeux remplis de larmes tandis que Tony tend la main pour prendre la sienne.

— Hector Chavez, je t'aime. Je t'aimerai toujours. Je veux passer le reste de mes jours à t'aimer. Cette entreprise et mon nom de famille ne valent rien si tu n'es pas là pour en profiter avec moi.

Soudain, Tony met un genou à terre et ouvre un écrin en velours rouge qui renferme un anneau en or.

— Sois à moi pour toujours. Épouse-moi. Prends mon nom, construis une famille avec moi.

Un silence de plomb s'abat sur la pièce. Il n'y a pas le moindre bruit.

— Lève-toi, dit Hector. Mon homme ne s'agenouille pour personne. Il se tient droit et fier, comme je le fais pour lui. Je serai honoré de t'épouser et de prendre ton nom.

Tony sourit jusqu'aux oreilles, tire Hector contre lui et se tourne vers le public. Des flashs illuminent la pièce et leurs cliquetis retentissent autour de nous. Anthony Fasano, boxeur, chef d'entreprise, chef de famille, vient de sortir du placard et de demander à son partenaire de l'épouser, de prendre son nom et d'avoir des bébés avec lui. En public.

Bon sang ! C'est un moment épique ! Je balaie du regard les visages de tous les Fasano tandis que Tony leur demande leur bénédiction à chacun, à commencer par Giavanna et son mari.

— Giavanna, acceptes-tu Hector comme mon fiancé et comme futur beau-frère ?

Elle sourit jusqu'aux oreilles en hochant la tête.

— Oui, dit-elle d'une voix pleine d'émotion.

— Isabella, acceptes-tu qu'Hector fasse partie de la famille ?

— Oui, je l'ai toujours accepté. Je suis heureuse pour toi, dit-elle en fondant en larmes contre son mari.

— Sophia… commence-t-il, mais elle l'interrompt.

— Enfin, tu dis la vérité, dit-elle, faisant éclater de rire le public.

Tony tient Hector contre lui tandis que ce dernier essuie ses larmes.

— Angie, tu acceptes qu'Hector se joigne à notre famille ?

Plutôt que de répondre, elle saute sur scène et les prend tous deux dans ses bras.

— Je t'aime, je t'aime, dit-elle en les embrassant sur la bouche.

Ces fichus Italiens et leurs baisers sur la bouche.

Elle leur chuchote quelque chose à l'oreille et ils écarquillent les yeux, puis Tony s'agenouille devant elle et embrasse son ventre en le caressant. Son sourire radieux explique tout sur la situation.

Je regarde Mona Fasano qui observe ses enfants en pleurant.

— Ma sœur va avoir un bébé ! crie Tony au public.

Tout le monde applaudit et Angie descend de la scène pour courir vers son mari, qui la prend dans ses bras et la fait tourner dans les airs.

— Mamma, dit Tony au micro. Est-ce que j'ai ta bénédiction ? Est-ce qu'Hector peut devenir un membre officiel de la famille ? Je sais que tu voulais que je fasse ma vie avec une femme catholique de bonne famille, mais ça ne me rendra pas heureux. Hector et moi allons fonder une famille, Mamma. On en a parlé. Je sais que c'est dur à accepter pour toi. Mais je t'ai prévenue en début de semaine et tu savais que ce moment arriverait. Ça a toujours été Hector, Mamma.

Mona hoche la tête et se couvre la bouche avec ses mains, secouée par les sanglots.

— Je t'aime, Mamma, mais j'aime aussi Hector, dit Tony en allant vers elle. Mon avenir est avec lui et je ne peux plus faire semblant. Je ne peux plus vivre ma vie en sacrifiant mon bonheur et celui d'Hector. Ce n'est pas juste.

Mona prend son fils dans ses bras.

— Espèce d'imbécile. J'aurais compris, avec le temps. Je comprends l'amour. Je sais ce que c'est lorsqu'un autre représente tout à ses yeux. C'est ce que ton père était pour moi. Si c'est ce qu'Hector est pour toi, alors rien ni personne ne devrait vous empêcher d'être ensemble. Je t'aime. Je vous aime tous les deux, dit-elle en posant sa main sur la joue d'Hector. Maintenant, tu seras vraiment mon fils, même si tu l'as toujours été, n'est-ce pas ?

Les larmes d'Hector se remettent à couler et elle les essuie avant de les prendre tous les deux dans ses bras.

— Je veux juste que mes garçons soient heureux.

Voilà. Le reste de la nuit est une véritable fête. Pour Hector et Tony, pour Angelina et Rocko. J'apprends en discutant avec Angelina que Tony est allé voir chacune de ses sœurs, durant la semaine, pour leur annoncer qu'il était gay, qu'il aimait Hector et qu'il allait lui demander de l'épouser. Apparemment, ses sœurs s'en doutaient depuis longtemps, mais elles n'en parlaient jamais. Puis, quand je suis arrivée, elles ne savaient plus quoi penser.

Angie a passé la semaine avec Tony pour réfléchir à comment gérer au mieux l'annonce sans affecter le nom des Fasano. La chargée de relations presse a lancé une campagne sur

« L'amour sous toutes ses formes » pour faire taire les médisants. Apparemment, les responsables de l'émission de télé sont ravis, car ça élargit automatiquement leur panel de spectateurs. L'idée est que chaque jour de la semaine sera consacré à un des enfants Fasano, et à la mère, et ils sont ravis de pouvoir montrer Tony et Hector cuisiner ensemble.

En fin de compte, l'amour l'a emporté et la famille Fasano n'en est que plus forte.

*

C'est l'aube d'une journée radieuse et je traîne ma valise jusqu'à l'ascenseur, repensant à la soirée d'hier qui a été tout simplement magnifique. Les Fasano n'ont pas cessé de parler de toutes les possibilités qui s'offraient à eux et à l'entreprise qui ne pouvait que se porter mieux. Tony a même avoué à sa famille ce que je faisais là, sans toutefois dire que je suis une escort, parlant de moi comme d'une amie. Après un mois avec ces deux garçons, c'est justement ce qu'ils sont devenus. Mes amis.

Je laisse un mot à côté d'une nouvelle bouteille de Jameson que j'ai achetée hier en me promenant, et je me baisse pour embrasser ma signature.

Tony & Hector,

Je vous quitte, le cœur heureux et les larmes aux yeux. Ma rencontre avec vous m'a ouvert les yeux quant aux merveilles que la vie peut offrir si on s'autorise à prendre des risques. Tu en as pris, Tony, et maintenant ta vie sera à jamais remplie de joie. Peut-être pourrai-je en faire de même à l'avenir. Merci de m'avoir montré la voie du courage.

Hector, nos conversations et nos séances de cinéma vont me manquer et je ne sais pas comment je vais faire pour m'habiller sans toi. Je suis toujours plus belle quand c'est toi qui choisis mes vêtements. Plus sérieusement, tu as énormément d'amour à donner, et je te suis infiniment reconnaissante de l'avoir partagé avec moi… en ami.

Merci à tous les deux de m'avoir ouvert vos cœurs. Je ne sais comment vous dire à quel point je suis heureuse pour vous. Envoyez-moi des nouvelles, et j'attends mon faire-part de mariage !

Votre amie,

Mia

C'est vrai, j'ai beaucoup appris de Tony et d'Hector. J'ai appris à ne pas avoir peur, à ne pas laisser quelqu'un d'autre choisir à quoi ressemble mon bonheur. Je vais emporter ce savoir avec moi dans mes aventures afin qu'il me guide sur le droit chemin. Pour l'instant, ce chemin m'emmène aux côtés de Mason Murphy, à Boston, dans le Massachusetts.

FIN

Remerciements

À Sarah Saunders, merci d'avoir donné ton nom à Mia et de m'avoir aidée à en faire une *bad girl* ! Notre nana te ressemble beaucoup, et je l'adore !

À mon éditrice, Ekatarina Sayanova, de la maison Red Quill Editing. Tu nous comprends, moi et mes histoires, comme aucune éditrice ne nous a comprises auparavant. Chacune de tes éditions fait de moi un meilleur auteur. Merci.

À Heather White, la déesse des relations presse, je me demande parfois ce que j'ai fait pour mériter une personne aussi altruiste que toi. Je suis tellement heureuse que tu sois à mes côtés pour cette aventure. Crois en l'aventure, bébé !

À Ginelle Blanch, tu es avec moi depuis le début. Tu ne t'es jamais plainte, tu m'as toujours soutenue et impressionnée avec ton œil de lynx. Tu as un sacré talent pour le détail. Merci de le partager avec moi.

À Jeananna Goodall, celle qui lit tout ce que j'écris avant même que je l'aie relu moi-même. Je t'adore. Tu me donnes envie d'écrire et tu crois à chaque histoire, parfois plus que moi. Merci de toujours me donner de l'espoir.

Anita Shofner, ma REINE d'hier, d'aujourd'hui et de demain… tu évites à mes personnages de voyager dans le temps et tu permets à mes manuscrits de briller. Ton slogan est We Expect Satisfaction[1]. Je suppose

1. Nous nous attendons à être satisfaits.

que nous allons devoir attendre de voir où cette année emmènera Mia.

Christine Benoit, merci de lire et de corriger mon français. Ta langue est sublime. J'ai beaucoup aimé l'ajouter à mon livre.

Aux Audrey's Angels, ensemble, nous changeons le monde. Un livre à la fois. BESOS-4-LIFE, mes charmantes dames.

À toutes les Audrey Carlan Wicked Hot Readers… vous me faites sourire tous les jours. Merci pour votre soutien.

Enfin, et ce n'est bien évidemment pas le moins important, merci à ma maison d'édition, Waterhouse Press. Vous êtes l'extra dans l'ordinaire. Je suis ravie que vous m'ayez trouvée et que vous m'ayez ouvert les portes de votre maison. Je vous aime à la folie.

À propos de l'auteur

Audrey Carlan vit dans la belle California Valley ensoleillée, à deux heures de la ville et de la plage, au milieu des montagnes et des vignes merveilleuses. Elle est mariée à l'amour de sa vie depuis plus de dix ans, et elle a deux jeunes enfants qui méritent tous les jours leur titre de « monstres en folie ». Lorsqu'elle n'écrit pas des histoires d'amour érotiques, qu'elle ne fait pas du yoga ou qu'elle ne sirote pas un verre de vin avec ses « âmes sœurs » – trois voix uniques et incroyablement différentes dans sa vie –, on la trouve plongée dans un livre. Plus précisément un roman chaud et plein d'amour !

Elle apprécie tous vos retours, alors n'hésitez pas à la contacter aux adresses ci-dessous.

E-mail : carlan.audrey@gmail.com
Facebook : facebook.com/AudreyCarlan
Site web : www.audreycarlan.com

PAPIER À BASE DE FIBRES CERTIFIÉES

Le Livre de Poche s'engage pour l'environnement en réduisant l'empreinte carbone de ses livres. Celle de cet exemplaire est de :
250 g éq. CO_2
Rendez-vous sur www.livredepoche-durable.fr

Composition réalisée par Lumina Datamatics, Inc.

Imprimé en France par CPI
en février 2018
N° d'impression : 3026880
Dépôt légal 1re publication : mars 2018
LIBRAIRIE GÉNÉRALE FRANÇAISE
21, rue du Montparnasse - 75298 Paris Cedex 06

58/2090/6